KB005857

좋아서,

웃었다.

일러두기

1. 특정 날짜에 저자가 추천하는 예술 작품이 있으며
   다음과 같이 분류해 해당 페이지 하단에 실었다.
   ▷ song(곡)·record(음반)
   □ poem(시)·book(도서)
   ◇ movie(영화)·painting(회화)·music video(뮤직비디오)

2. 작품의 정보는 저자 소장 판본을 기준으로 간략히 기재하였으며
   보다 상세한 내용은 346쪽 (Recommended Works—당신도 좋아서 웃기를)에서
   확인 가능하다.

오늘,

좋아서,

웃었다.

글·사진 장우철

편애하는 것들에
대한 기록

허밍버드
Hummingbird

들여다보며

방에서, 서쪽 창으로 눕듯이 들어오는 햇빛을 예뻐라 쳐다보기 시작한
것이 지지난 여름부터. 그림자의 명암에 골똘해지려는 시간 또한 내내
마찬가지. 습관된 편리로 만들고자 나는 그것을 자주 사진 찍었다.
좋아하는 마티스의 정물화를 대할 때는 그러지 못했는데, 빛 속의 여러
이름을 보면서는 이것들이 마침 여기에 놓인 이유를 생각하기도 하였다.
여기로 왔구나, 보고 있구나, 좋아하는구나. 나는 안팎으로 스마트한
논리를 세우는 대신 어느새 취한 사람처럼 굴었다. 그리고 어떤 날에는
불쑥 꽃을 샀다.

두 번째 책이다. 글마다 별도의 제목을 달지 않았는데, 그러느라 무진
애를 썼다. 6월 9일, 10월 25일, 4월 3일 하는 날짜는 여느 달력과 같은
의미인 채 제목으로 삼았다.
마음 가는 대로 줄을 바꿨다. 마침표와 마침표 사이를 이어 달리는 그
'이야기'라는 게 하필 나는 어렵고 어색해서, 줄을 바꾸면 어떤 경우
웃기라도 하지 않을까, 수를 부렸다.
노래와 시와 책과 영화를 나란히 써 놓은 날도 있다. 어울리고자, 좋은
것을 더 좋게 하려 그랬지만, 방해나 놓으려고 영 엉뚱한 것을 적어
두기도 했다. 어차피, 당신이 꼭 가져야 하는 물건, 꼭 먹어야 하는 음식,
꼭 가 봐야 하는 여행지, 그런 건 없지 않을까? 다만 불러 보는 이름과
간직하려는 계절이, 하여 오늘 가만히 들여다보는 것들이, 여기 내 방에
그리고 당신의 그곳에 이미 놓여 있지 않을까 생각하며,

18세기에 서울을 걸었을 나의 혜원|蕙園|에게 이 책을 바친다.

겨울에,
장우철

▷ song ┃ The Smiths, 〔How Soon is Now?〕, 1985

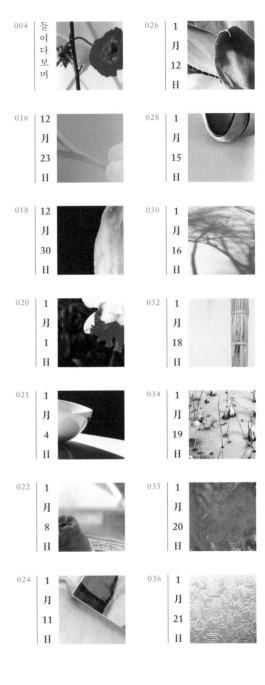

037 | 1 月 22 日

038 | 1 月 26 日

040 | 1 月 28 日

042 | 1 月 29 日

044 | 1 月 30 日

046 | 2 月 1 日

047 | 2 月 4 日

048 | 2 月 6 日

050 | 2 月 7 日

052 | 2 月 13 日

054 | 2 月 14 日

056 | 2 月 15 日

058 | 2 月 17 日

059 | 2 月 19 日

060 | 2 月 20 日

062 | 2 月 25 日

064 | 2 月 26 日

066 | 2 月 28 日

068 | 봄

070 | 3 月 3 日

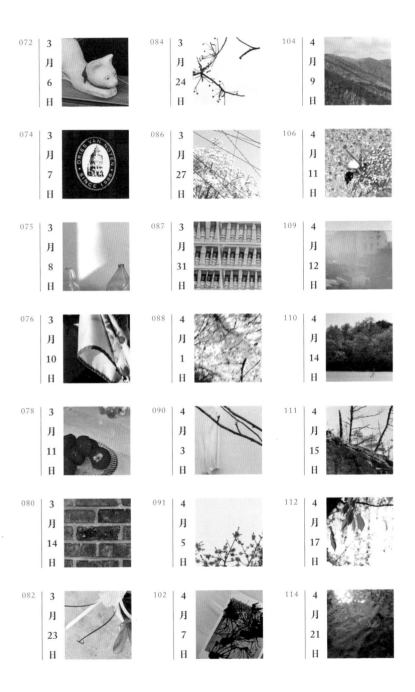

072　3月6日

074　3月7日

075　3月8日

076　3月10日

078　3月11日

080　3月14日

082　3月23日

084　3月24日

086　3月27日

087　3月31日

088　4月1日

090　4月3日

091　4月5日

102　4月7日

104　4月9日

106　4月11日

109　4月12日

110　4月14日

111　4月15日

112　4月17日

114　4月21日

116　5月1日
118　5月3日
120　5月4日
122　5月6日
124　5月7日
125　5月9日
126　5月10日
128　5月11日
129　5月13日
130　5月14日
132　5月15日
136　5月17日
138　5月19日
140　5月22日
144　5月25日
145　5月26日
146　5月29日
148　5月30日
150　여름
152　6月1日

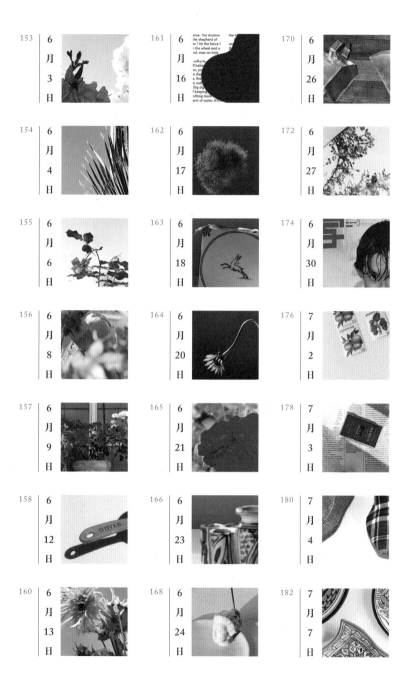

153　6月3日

161　6月16日

170　6月26日

154　6月4日

162　6月17日

172　6月27日

155　6月6日

163　6月18日

174　6月30日

156　6月8日

164　6月20日

176　7月2日

157　6月9日

165　6月21日

178　7月3日

158　6月12日

166　6月23日

180　7月4日

160　6月13日

168　6月24日

182　7月7日

184　7月9日

185　7月13日

186　7月15日

187　7月16日

188　7月21日

194　7月24日

196　7月25日

198　7月30日

199　7月31日

200　8月2日

202　8月8日

203　8月9日

204　8月11日

205　8月14日

208　8月17日

210　8月19日

212　8月28日

214　8月30日

216　가을

218　9月1日

219　9月3日

220　9月4日

222　9月9日

223　9月10日

224　9月11日

228　9月12日

230　9月14日

232　9月15日

234　9月16日

236　9月17日

238　9月18日

240　9月19日

242　9月20日

244　9月23日

246　9月24日

248　9月25日

249　9月27日

250　9月28日

251　9月30日

252　10月1日

254　10月2日

256　10月3日

258　10月4日

260　10月5日

262　10月7日

264　10月11日

266　10月12日

267　10月13日

268　10月15日

269　10月16日

270　10月18日

272　10月20日

274　10月21日

276　10月24日

278　10月25日

280　10月28日

282　10月29日

284　10月31日

288　11月1日

290　11月2日

292　11月5日

294　11月11日

296 | 11 月 14 日

306 | 11 月 30 日

314 | 12 月 9 日

298 | 11 月 16 日

308 | 겨울

318 | 12 月 10 日

300 | 11 月 17 日

319 | 12 月 11 日

301 | 11 月 19 日

310 | 12 月 3 日

320 | 12 月 12 日

302 | 11 月 20 日

311 | 12 月 4 日

321 | 12 月 13 日

303 | 11 月 22 日

312 | 12 月 5 日

322 | 12 月 16 日

304 | 11 月 29 日

313 | 12 月 7 日

324 | 12 月 20 日

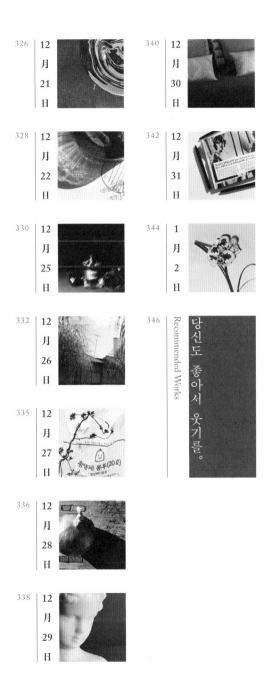

당신도 좋아서 웃기를.

12

月

23

日

이브가 이렇게 코밑까지 오면
카드를 보내기엔 늦었구나, 하필
그런 생각이 든다.

보낼 마음도 없었으면서
무슨 같잖은 불안인가, 하면
오히려 보내지 않아도 된다는 안심인가 싶어 숨이 크게 쉬어지기도 했다.

뭐가 뭔지
모르면서 꽃을 산다.
모르니까 꽃을 산다.

꽃은 완벽했다.

———그걸 고르실 줄 알았어요.
회사 앞 꽃집 아가씨가 튤립을 한 송이만 꺼내는 내게 말했다.
그럴 땐 웃게 된다.

두 번 크게 휘어서 풀장의 미끄럼틀 같기도 한 튤립은 컵 속에서
컵 밖으로 자꾸 고꾸라지려 들다가
덩그러니 브로콜리에 눌리고 나서야 그러기를 멈추었다.

지금이라도 카드를 쓸까?
'아는 당신에게, 세밀.'
지우다 보면 결국 이것만 남게 될지라도.

머리맡에 튤립을 두겠다는 계획이 이번 크리스마스의 전부였다.
'그러지 말고 내일은 백화점에 가자', 밤엔
마음을 고쳐 보기도 했다.

 ▷ song | **Julia Holter**, 〔Lucette Stranded on the Island〕, 2015

연천군 신탄리
역고드름

연천으로 얼음을 보러 간다.
몇 해째
겨울이면 그런 하루를 보내고 있다.
얼음은 굴속에, 한때 경원선 기차가 지나던 터널이 막히면서
어떤 조화가 일어나 겨울이면
종유석처럼 매달리고
석순처럼 솟아났다.

굴속에 핀 얼음은 희고 고요하다.
열 살 때 누나와 산에 버섯을 따러 가면
우리끼리 '갓버섯'이라 부르던 것들이 소나무 그늘로 모여 있는 모습이
또한 희고 고요했다.

기다림은 누구의 것일까?

돌아오는 길에는
김포에 들러 난을 안아 왔다.

방에서 난은 등 같았다.
색이 아니라 빛처럼 그것은.

하루가 있있군.

이런 하루라면 두고두고
꺼내어 볼 수도 있을까?
자려고 감은 눈을 잠시 떠 보았다.

▷ song ǀ **Bon Iver,** 〔Calgary〕**, 2011**

내일 출근하면 난을 옆자리 충환에게 주어야지. 어울릴 테니.
대신 드리스 반 노튼|Dries Van Noten|의 실크 스카프를 당장 내놓으래야지.
2만 원 줄 테니.

021

이걸 참 오래 쓴다.

연말에 푸른 복|福| 자를 보고
미소를 지었던 게 첫 대면이었다.

들고 오는 길에 눈이 쌓여 있었던가?
빙판길을 주춤주춤 조심하기도 했었나?

한번은 금방 끓인 뭇국이 너무 뜨거워 식어라 창가에
내놓은 적이 있었다.
삭풍의 겨울밤에 국이 식기를 기다리며
복이란 무엇인가 중얼거리기를.

이걸 참 오래 쓴다.
그만큼의 복인가 싶다.

서귀포 김계림 농부의
한라봉

한라봉을 창가에 두었다.

▷ song | Mariah Carey, 〔Love Takes Time〕, 1990

─────승호 씨, 이거 먹어 볼래요?
─────그냥 막 까요?
─────중간중간 찍을게요.

방에서 2월 호 화보를 촬영했다. 일요일이었다.

인천에 사는 승호 씨가 서귀포에서 온 한라봉을 까는데, 한라봉 껍질이

두껍다면 승호 씨 손은 두툼했다.

─────먹어요?
─────먹어요.

지난해 7월에 여기서 〔여름의 서쪽〕이라는 화보를 찍으며 겨울이 오면
다시 여기서, 그러니까 겨울의 서쪽 햇빛이 들어오면 다시 여기서
한 번 더 촬영해야 한다 생각했을 때,
〔2월의 일요일들〕이라는 제목을 미리 떠올렸더랬다.

승호 씨는 한라봉을 한 쪽씩 먹지 않고 서너 쪽씩 입안 가득 씹었다.
─────소 같네, 소.
씹느라 그가 눈으로 웃었다.
─────다 먹진 말아 봐요.
에디터란 제때에 그런 말을 하는 사람이라는 듯이 나는.

촬영이 끝나고 세잔|Cézanne|의 화집 위로 과육과 껍질이 놓였다.
치우다 말고 괜히 몇 컷을 더 찍어 보았다.

끝은 타인의 것.
다행히 일요일이 조금은 남아 있었다.

도시의 동쪽에서 누군가 개나 고양이에게 사료를 주는 동안 도시의
북쪽에 사는 누군가는 화초의 분갈이를 고민한다. 개나 고양이가 한 번도
들어와 본 적이 없는 방에 화분이 일곱 개 되던 날 친구는 말했다.
———개 대신 풀이니?
나의 작은 치자, 나의 용맹한 박쥐난, 나의 무모한 포도나무는 모두
개 대신이었나?
집 안에 화분을 들이는 일을 아무렴 동물을 돌보는 일에 견줄까마는,
더러 화분에 물을 주거나 할 때 공연히 말을 해 보기는 한다.
———새해다. 아느뇨?
하지만 나는 화분의 다정한 친구가 아니었다. 친구는 무슨, 걸핏하면
그것들을 나는 죽이기 일쑤였다.
———손님 같은 분이 있어야 화분 장수도 먹고살지요.
민망해하는 내게 종로 6가 화분 가게 사장님의 말은 묘한 안심을 주었다.
그러다 1월에 따뜻하고 축축한 양재동 온실에서 아가베 아테누아타|agave
attenuata|와 마주쳤다.
원산지는 멕시코. 햇빛은 그럭저럭. 물은 별로. 꽃은 10년에 한 번 필까

027

말까. '여우꼬리용설란'이라고도 불림. 냉해에 주의. 물은 생각나면 한번
줬다. 녀석은 그깟 물 좀 안 줬다고 비실대던 것들과는 달랐다. 봄여름을
지나며 밑동의 이파리를 여섯 개나 떨궈 내면서 키가 쑥 자랐고, 언제나
품위 있는 자태로 눈을 맑게 해 주었다. 너구나.
지금은 화분이 다섯 개. 그동안 새로이 들어왔다 떠나간 것들의 이름과
개수는 비밀에 부친다. 자귀나무, 몬스테라|monstera|, 박쥐난, 황칠나무,
아가베 아테누아타. 이따금 방에 들어오는 친구들은 이게 다 무슨
짓이냐는 표정을 짓는다. 나는 애먼 소리나 했다.
———근데 개나 고양이 키우는 사람들은 집에서 베드신 어떻게 찍어?
　　　개네들이 빤히 보잖아.
나의 아가베 아테누아타는 그러지 않는다. 우리는 서로를 침범하지
않는다. 우리에겐 각자의 삶이 있다.

벨지안 슈즈[Belgian Shoes]
'Mr. Casual'

일부러 작은 사이즈를 가졌다.

신지 않으려고.

일없이 꺼내어 보려고.

헛되이 만지거나 하려고.

실은 이 한없이 보드라운 신발이 내게 전혀 어울리지 않음을 안다.

알아도 어쩔 수 없는 일이란…….

나는 이 신발을 애완|愛玩|한다.

20세기의 남자 글렌 오브라이언*이 이 신발에 대한 편애를 말했을 때

그를 조금 더 가벼이 좋아하게 되었던 일.

나와 이 신발 사이의 일이라면 그걸로 족하다.

이다음엔 고상한 밤색 실크 양말을 가져야지.

한 점 부끄럼 없는 순수한 꿈이 아닌가 한다.

▷ record | Klaus Nomi, 〔Klaus Nomi〕, 1982

---

* Glenn O'Brien. 미국의 전방위적인 에디터·작가·칼럼니스트.

1
月
16
日

눈이 왔을까?

겨울의 기쁨이라면 그뿐이라는 듯이.

1월도 보름,
눈 없는 겨울은
어디로 가시려는지.

하지만 오늘 아침은
간밤에 눈이 온 아침.
그러니 창경궁 연못이 하얗게 덮였을 아침.

연못으로 갔더니 나무들이
푸르른 그림자를 내놓고 있었다.

그것이 소나무와 졸참나무라는 것을
나는 다른 계절로부터 알고 있었다.

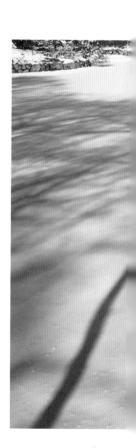

예산군 대흥면 마을 기업
'느린손'에서 만든
수수 빗자루

쓸 일 없이도 종종 빗자루를 산다.
때가 되어 누군가에게 주면서는
"복을 그냥 쓸어 담는 거예요", 말한다.

홍성 이응노기념관 앞에 연밭이 있다.
호랑이 얼굴 그림을 보고 나와 연밭에 섰다.
용봉산 윤곽이 펜으로 그은 듯 선명한 날.
어머닌 이제껏 가 본 산 중에 용봉산이 제일 좋다 하셨지.

몇 해 전 태안 천리포수목원에서 연잎을 하나 보았다.
고개를 푹 처박은 그것이 처음엔 애처롭다가
나중엔 시원해 보였다.
천리포로 부는 차지 않은 바람이 그런 기분을 열어 주었다.
연은 오래 사니까 지금도 거기에 있으려니 짐작하며
논산에 왔다.
큰누나가 오늘의 마지막 전으로 고구마를 부치고 있었다.

1
月
21
日

설 쇠고 일없이 유리창이나 보다
저걸 '꽃유리'라 불렀다는 생각이 났다.
손가락을 대면 까끌까끌하고
손등을 대면 '맨질맨질'하다.

─────누나! 엄마가 이상해.

막 괴상한 걸 신고 돌아다녀.

설거지 중인 누나는 수돗물 소리 때문에 내 얘길 듣지 못했다.

─────어때? 내 요술 버선 예쁘지?

엄마는 뒤꿈치를 초싹 들어 올리더니,

냅다 내 등어리에 발길질을 하는 시늉을 했다.

─────이뻐, 안 이뻐? 빨랑 대답 안 해?

이럴 때 내가 누굴 닮았는지는 너무 뻔해진다.

1월의 도쿄에서 제일 좋아하는 것은
─── 신주쿠코엔노마에
　　　　오네가이시마스|신주쿠공원 앞까지 부탁합니다|.
아침에 새 옷을 입고 택시 기사에게 그리 말하는 순간임을
다른 사람은 몰라도 나는 안다.

신주쿠공원은 돈을 받는다.
나는 굳이 그걸 좋아했다. 말하자면 도쿄는 내게
기꺼이 어울리는 값을 치르고 싶은 도시였다.
3백 엔을 내고 3백 엔짜리 티켓을 받는 정확한 기쁨.

공원으로 들어서자
아는 길이 아는 길로 이어졌다.
그런 호젓함.

잔디에서 연신 물구나무를 서려는 남자가 있었다.
큰 나무 아래에는 떨어진 열매들이 무늬를 그렸다.
목도리를 놓친 부인이 작게 "아", 하는 소리를 들었다.

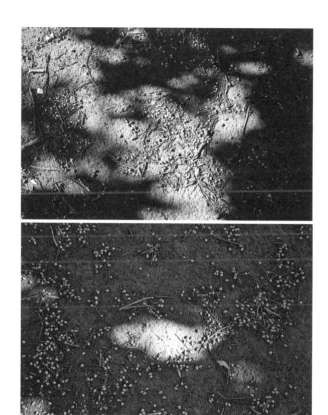

봄이라 말하려니
겨울에 나는 어울리는 값을 치렀던가?
막무가내 눈이 오길 바라는 마음이 혹시 그 몫이었나?

공원을 나와 요쓰야[四ッ谷] 쪽으로 걸었다.
붕붕거리는 소음이 유난히도 봄처럼 들렸다.

▷ song ∣ **My Bloody Valentine**, 〔Soon〕, 1991

편애하는 플로리스트 아주마 마코토|東信|의 꽃집
자뎅 데 플뢰르|Jardin des Fleurs|는 아오야마|青山|에 있다.
여기가 맞나 싶은 골목길, 동네 사람에게 길을 물으면
"이 동네에 꽃집이 있다고요?" 되묻는 반지하 밀실.

이레 전 서울에서 그곳으로 메일을 쓴 나는
마침내 오늘 아침 꽃을 받았다.
장갑을 낀 손으로 그걸 들고 도쿄를 쏘다녔다.
언제까지나 이러고 싶었다.

누마타|沼田|라는,
모르던 곳에서 아침을 맞는다. 여기에 눈이 내리고 있다.
―――옛날에 내리던 눈 같아.
모르는 길을 걸으며 나는 동물의 새끼처럼 순해지고 있었다.

일본에 오면 그런 일이 잦다.
기억의 원형|原形|을 체험한달까.
내 고향 논산 취암동에 내리는 눈보다
모르던 누마타에 내리는 눈이 기억 속의 겨울을 더욱 드러낸다는
것은…….

난로 당번으로서 조개탄을 받으러 가던 이른 아침.
'산타 누나'인 둘째 누나가 대전에서 오는 밤에 함박눈이 쏟아지던
터미널.
바다를 처음 보았던 1987년 1월에 대천해수욕장으로 가는 시내버스에서
차창으로 부딪히던 눈송이.
맨손으로 눈을 쓸고 들어오는 아버지가 두 손을 비비시던 모습.

생시|生時|가 꾸는 꿈, 꿈이 꾸는 생시.

그런 아침을 걷는다.

황인찬의 첫 시집에는 하나하나 달리 꺼내야 할 무수한 계절이 들어
있지만 어쩐지 온통 겨울로 고인다고 느낀다. 고여서는 사라지려 한다고
또한 느낀다. 남은 것은 흰색들. 눈이기도 백자이기도 햇볕이 닿는
벽이기도 한 것들. 그래서 끝내 어둠을 고려할 수밖에 없는 것들.

"낮에도 겨울은 어두웠다", 읽다 보면 이런 말이 나온다. "겨울은 낮에도
어두웠다", 얼마쯤 더 읽다 보면 이런 말도 나온다. 반복하듯이 시인은
두 번 쓴다. 마음에 비춰 보는 희디흰 겨울의 두 문장이다.

□ poem | 황인찬, 〔연인—개종3〕, 2012

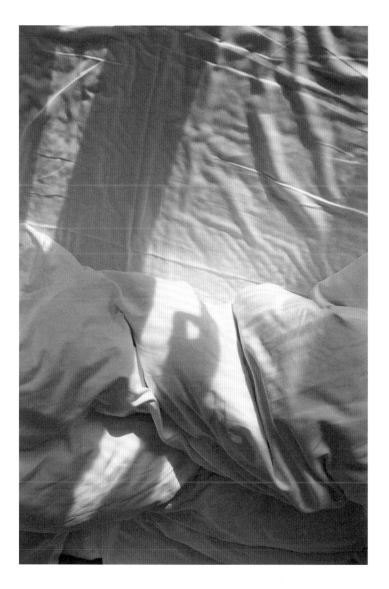

자주색 칼라[calla]와 석화버들을 꽂고
잠시 이불 위에 두었다.
기억나는 꿈을 꾸고 싶었다.

왜 마른 꽃이라 기억했을까?
버젓이 이렇게 보면서도 혹시 마른 꽃이 섞이진 않았는지 확인하려는
어리석음은 어디서 왔을까?
광명에서 3번 트랙 (Two-Step)을 듣던 밤이 있었다.
아주아주 추운 밤이었다. 보이는 물들이 모두 얼었다.
광명에 다시 갈 일이 있을까?
(Two-Step)은 아주 느린 노래다.
생각보다 더 느리다.

▷ record | **Low**, (**Secret Name**), **1999**

▷ song | **Bedhead**, (**The Present**), **1998**

자려고 누운 머리맡에서 엄마는 늦게까지 뜨개질을 하시곤 했다.
'수출품'이라 부르던 그것을 납품 기한에 맞춰야 했기 때문이었다.
손이 재고 올이 짱짱한 엄마의 뜨개질 솜씨는 인근 수예점에 널리
알려진 바, 일감은 늘 쌓여 있기 마련이었다. 아랫목엔 청국장을 띄우는
담요 덮인 소쿠리가, 윗목엔 봉지 봉지 실타래가 불룩하게 놓여 있던
겨울 우리 집.

중간중간 엄마는 식구들의 옷을 뜨기도 했다.
웬걸, '중간중간'이라기에는 온 식구의 겨울옷이 거의 엄마의 솜씨였다.
가운데로 큰 꽈배기를 올린 미색|米色| 조끼는 아빠 것도 있고 누나 것도
있고 내 것도 있었다. 외삼촌과 선생님 것도.
———이걸 입으면 점잖아 보여.
엄마는 1982년 부창국민학교 입학식 날 내게 미색 조끼를 입히셨다.
———너는 곤색|감색, 紺色|이 잘 어울려.
엄마는 이런 말씀도 하셨다. '곤색'이 뭔지, '어울린다'는 게 뭔지도
몰랐지만 그 말은 지금까지 남아 있다. 언제든 옷걸이에서 곤색으로
먼저 가는 손길은 다만 편리한 습관이 되었던 것이다.

1988년 2월 10일, 73회 부창국민학교 졸업식 날 나는 엄마가 떠 준 곤색 도꼬리[스웨터]를 입고 있다. 볕이 좋은 날이었군. 꽃은 프리지어를 들었다. 아무 다른 꽃을 섞지 않은 프리지어 한 단이다.

──── 엄마, 프리지어 좀 사 갈까?
논산역에 내렸을 때 갑자기 엄마에게 전화를 걸었다.
──── 사 오지 마. 꽃 있어. 프리지어 있어. 누나가 어제 사 왔어.
역에서 집으로 가며 지금은 논산 어디쯤에 수예점이 있는지 한번 찾아본 나는, 미색 조끼와 곤색 도꼬리를 꼭 다시 입어야만 하겠어서 울컥한 나는, 그날 엄마에게 드리려던 돈을 20만 원에서 50만 원으로 상향 조정한 나는 지금 엄마가 새로 떠 준 곤색 도꼬리를 입고 이 글을 쓰고 있다.

누나가 넷이다. 그렇게 오 남매다. 첫째, 둘째, 셋째, 넷째, 막내 모두 3년
터울이라 큰누나와 나는 열두 살 차이. 같은 토끼띠. 내가 여덟 살이 되어
학교에 들어갔을 때, 큰누나는 막 고등학교를 졸업하고 교대에 입학했다.
대학생, 고등학생, 중학생, 국민학생. 그때 우리 집은 그랬다.

저 사진은 |일곱 살에 학교를 들어간| 둘째 누나의 고등학교 졸업식 날, 마당에서
셋째 누나, 넷째 누나와 함께 찍었다. 1984년 2월이니, 나는 곧 3학년,
넷째 누나는 6학년, 셋째 누나는 이제 중학교 3학년이 될 참. 셋은 모두
엄마가 떠 준 도꼬리를 입고 있다.

가운데에 내가 들고 있는 꽃은 아마도 그날 둘째 누나의 졸업식 꽃이었을
것이다. 가만 보니 카네이션이 보인다. 안개꽃도 조금 있고, 튤립도
한 줄기 있다.

나는 1984년 2월 7일 자 〔경향신문〕 6면 '시장 속보'란에 이런 기사가
실렸다는 것을 찾아냈다.

> 요즘 계속적인 강추위로 물량 반입이 원활치 못해 화훼류l꽃l값이
> 오름세를 보이고 있다. 강남고속버스터미널 옆 코벤트스토어 1층 꽃
> 공판장에선 10송이 1단을 기준으로 카네이션이 2,500원, 국화 상품이
> 2,500원, 튤립이 2,500원이다. 또 백합은 쌍대가 5,500원, 외대가
> 4,000원이며 흑장미는 3,000원에 거래되고 있다. 이처럼 강보합세를
> 보이고 있는 꽃값은 2월 졸업 시즌을 앞두고 한차례 더 오를 전망이다.

꽃값은 기록에 남았으나,
우리가 저리도 활짝 웃었던 이유는 남지 않았다.
서글픈가 하면 그렇지 않고
여전히 웃고만 싶어서,
하하하 힘차게
웃어 보았다.

서울 연희동
피오리 클럽[Fiori Club]

믿음직한 벗 혜원이 이런 글을 썼다.
예뻐서 여기에 옮겨 적는다.

제가 어렸을 적, 할머니는 할아버지는 그리고 어머니는 크고 작은
화분들 사이를 오가며 어루만지고, 매섭게 꺾고, 그늘을 쳐 주며
아침 시간을 보내곤 하셨습니다.

푸르고 반짝이는 잎이며 동그란 꽃이 발하는 생기 넘치는
아름다움과 온기에 대한 기억은 어른이 되어서도 늘 제 마음
한편에 살아 숨 쉬는 듯합니다.

그러한 향수 어린 장면들에 보다 현대적이며 유용한 새 옷을
입히고자 합니다. 계절마다 다른 모습의 다양한 식물들과 하나하나
손수 고른 맞춤 화기花器들, 나아가 공간에 맞게 제작된 다양한
소가구와 스타일링을 통해 식물 본연의 멋과 아름다움을 더 많은
분들과 함께 나누고 싶습니다.

속도와 효용이 아닌 그 자체의 은은한 열기 그리고 사랑하는 이와
나누는 즐거운 시간을 통해 삶을 가꾸고 생활에 힘을 싣는, 식물과
함께하는 행복은 쉼 없이 이어질 것입니다.

2
月
14
日

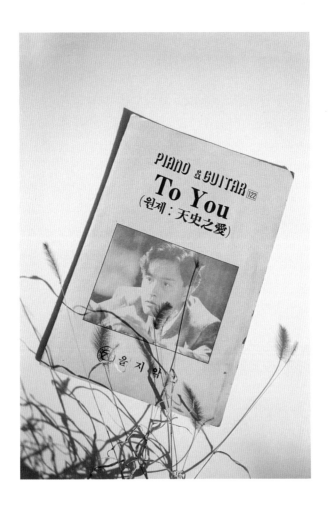

"쏘 매니 탐-쟈 레-츄 다운|So many times I let you down|,
쏘 매니 탐-쟈 메이-쥬 크롸|So many times I made you cry|……"

지난날
우리들,

무수한
응답들.

▷ song ｜ 張國榮|장국영|, 〔To You〕, 1989

레이캬비크|Reykjavík|는 침침하다. 비가 오지 않아도 침침하고, 비가
오면 더 침침하고, 해가 나면 조금 덜 침침하다. 6월이었는데, 항구
주변을 걷다가 헤비급 신사가 양손 가득 들고 가는 비닐봉지를 보았다.
노랑이구나. 개나리도 병아리도 아닌 저건 '샛노랑'이구나. 냉큼 그의
뒤를 따랐다. 노란 봉지엔 분홍색 돼지가 있었다. 저건 핫핑크구나.
'돼지분홍' 정도가 아니라 아주 그냥 핫핑크구나.

가만 보면 레이캬비크 길거리를 오가는 열 명 중 한 명은 저 봉지를 들고
있었다. 비인지 안개인지 침침한 물속을 걷는 동안 샛노랑은 유일한 핵심
같았다. 나는 그 봉지를 여러 장 갖기 위해 보누스*라는 곳에서 다 먹지도
못할 만큼의 과자를 샀다. 그리고 지금은 서울에서 그걸 들고 다닌다.
친구들은 손쉽게 '돼지 봉지'라 불렀다.
———돼지 봉지 들고 돼지고기 사러 가니?
쭈글쭈글, 이젠 손잡이가 늘어나 버렸지만 색만큼은 그대로다.
지금 레이캬비크는 아침이겠지. 침침한 2월의 서울에서
샛노란 레이캬비크를 떠올리기도 한다.

---

* Bónus, 아이슬란드의 슈퍼마켓 체인.

충북 괴산에서 개울가를 걸었다.
아궁이에 장작 때는 매운 냄새가 땅으로들 내려오고 있었다.
이 집 저 집 개가 짖는
영락없는 시골의 아침이었다.
얼음을 밟지 않으려 바닥을 골라 디디는 동안
책가방을 멘 아이들이 우르르 지나갔다.
학교까지 걔들을 태워다 주었다.
석문사 오르는 길에는 바위를 덮은 묵은 눈을 보았다.

2
月
19
日

059

섬진강은 얕게 흐른다.
그래서 소리가 잘 들린다.
구례와 하동, 어여쁜 이름이다.

어쩌다 보니 완도수목원에는 겨울에만 온다.
상황봉을 넘어오는 바람은 춥지 않고 시원하니,
이 바람이 동백의 흰 살결을 만지는 것이리라.

이 바람이 내게로도 와서 남쪽의 계절을 나누어 주는 것이리라.
이 바람이 해남까지 가서 꼬숩게도 배추를 키웠던 것이리라.
마음이 큰 척 나는 보폭을 크게 해 보았다.

오늘의 모델 승민 씨가 매화를 들고 도산공원 앞을 걷는다.
서울에서 제일 좋아하는 돌이 있는 곳.
맑은 날이었으나 눈이 내렸다.

그 눈은 맑어서
도로도 어깨도
꼭 비를 맞은 것처럼 되었다.
매화는 다음 날 스튜디오에서 망울을 터뜨렸다.
이틀 동안 그런 일이 있었다.

오늘 부로 정하렵니다.
제가 겨울에 가장 좋아하는 꽃은
활짝 핀 튤립입니다. 벌렁 속이 보이는 것도 좋고
아예 꽃잎이 떨어져 버린 것도 좋습니다.

정한 게 또 있습니다.
제가 가장 좋아하는 패션쇼는
2013년 봄여름 디올 오트쿠튀르|haute-couture| 쇼입니다.

그걸 보고 있으면
봄 따위는 오지 않아도 아무런 상관이 없을 것 같습니다.

질문이 있습니다.
저녁에 살얼음을 밟을 곳이 이 도시 어디에 있을까요?

▷ song ǀ George Michael, 〔Cowboys and Angels〕, 1990

▷ song ǀ 싸지타|Sagitta|, 〔마음에 남았네〕, 2008

언제나

항상

늘

창경궁 대온실에는 지금과 다른 계절이 머문다.

오늘 본 고사리 이파리에는 홀씨가 줄지어 붙어 있었다.

어떻게 이리도 반듯이 줄을 섰느뇨.

볕은 마치 늦봄 같았다.

◇ movie ｜ 小津安二郎|오즈 야스지로|, 〔早春|Early Spring|〕, **1956**

◇ movie ｜ 小津安二郎, 〔晩春|Late Spring|〕, **1949**

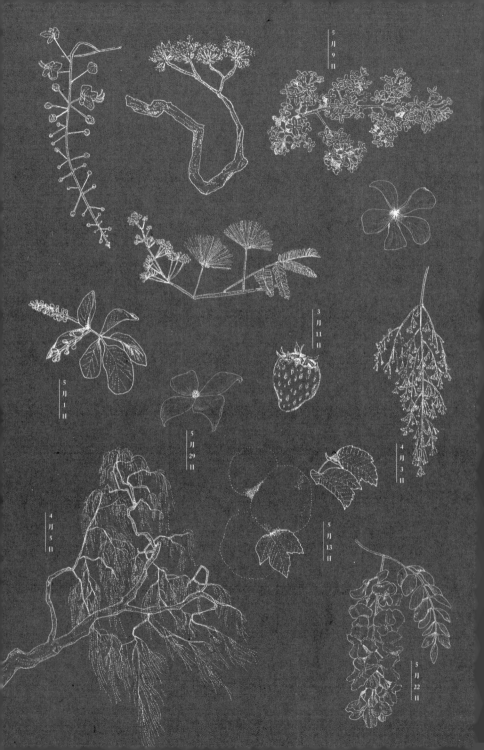

5月9日

3月11日

5月1日

5月29日

4月3日

4月5日

5月13日

5月22日

봄

기이하고 고아古雅한 것을 취하여 스승을 삼고,
맑고 깨끗한 것은 벗을 삼고, 번화한 것은 손님을
삼았다.

—유박柳璞, 〔화암기花菴記〕 중

일어나니 6시였다.
나는 중앙역으로 갔다.

앤트워프|Antwerp|. 혹은 안트베르펜|Antwerpen|.
나의 도시.

앤트워프의 무엇이 좋으냐 물으면
앤트워프의 창가를 좋아한다고
나는 그런 답을 하기도 한다.

길 가는 이들이 훤히 볼 수 있는
천장부터 무릎 높이까지 벽을 활짝 채우는 창가에는
화분이며 인형이며 잔잔한 물건들이 커튼과 함께,
제자리에 놓여 있다.

때로는 키우는 고양이가 그 자리를 차지하기도 한다.

옛날 가게의 쇼윈도 양식이 그러했던 것인지,
무슨 다른 사연이 들어 있는지
영문도 모른 채 그 창가를 마음이라 생각한다.
걸으며 여기에
살고 있다고 느낀다.

3
月
7
日

드리스 반 노튼[Dries Van Noten]:

Nationalestraat 16,

2000 Antwerpen

그렇지, 세계란 완성하는 것이지.

중얼거리며 세상에서 제일

좋아하는 가게로 들어선다.

롬바흐 글라스[Rombachs Glass]:
Sint Katelijnevest 43,
2000 Antwerpen

다섯 중 하나를 골라 비닐로 꽝꽝 감았다.
앤트워프에서 그걸 들고 돌아왔다.

3
月
10
日

톰 포드|Tom Ford|.

그의 이름에선 향이 난다.
반다|vanda|나 덴드로븀|dendrobium| 같은 혈색 좋은 난|蘭|의
화려함으로부터.

076 그의 이름에선 형태가 번진다.
붉은 커튼이 있는 무대에서 시퀸이 반짝일 때와 같이.

그의 이름에선 매듭이 크게 지어진다.
하지만 그 매듭은 침착한 두 손이 아니라 능란한 한 손으로 풀리도록
고안되어 있다.

내게 디자이너는 둘로 나뉜다.
그이의 꽃무늬를 받아들일 수 있는가, 없는가.

아침에 회색 상자에서 이 실크 천을 꺼내어 안경을 닦고
아무도 모르라고 다시 잘 넣어 두었다.

톰 포드
실크 포켓스퀘어

3
月
11
日

슈퍼마켓 딸기 앞에서 망설인다. 아주머니는 설탕보다 달다시지만, 내가
원하는 건 그저 딸기일 뿐이라서 설탕이니 꿀이니 그런 말은 차라리
맹물 같거나 하다. 더구나 요즘 딸기란 놈의 생김을 보면, 길쭉한 놈,
부푼 놈, 방울진 놈, 무식하게 큰 놈 각양각색에, 설향이니 육보니 품종
또한 정연한데도 어쩐지 그 맛은 맥이 풀리기 일쑤다. 그래서 나는
대체로 원하는 딸기를 찾지 못한다. 딸기가 있고 이름이 있는데 살 수는
없다. 이름보다 먼 무엇이 있을까? 딸기를 보기만 하는 날이 더 많다.

◇ music video ǀ **Pet Shop Boys, 〔I Get Along〕, 2002**

학년이 바뀌면, 그러니까 봄이면 봄마다 '가정환경 조사'라 했던가,
16절 프린트 한 장에 이것저것 신상을 써내야 했는데, 아버지 직업란에
가서 나는 막히는 기분이 되곤 했다. 그러니까 나는 국민학교 3학년 때
비로소 아버지의 직업이 무엇인지, 그게 다른 아버지들의 직업과 어떤
차이가 있는지, 선생님께선 어떻게 생각하실지, 누나들은 이 문제를
어떻게 받아들여 왔는지 한꺼번에 들이닥치듯이 감당해야 했다.
선택한 방법 중 하나는 거짓말을 하는 것. 어디서 들었는지 몰라도
'건축설계'라는 말을 배워서는 누군가 아버지 뭐 하시느냐 물으면
"건축설계를 하십니다", 답하곤 했던 것이다.

그런데 1985년 가을부터 학교에 신축 교실을 짓는 공사가 대대적으로
시작되었다. 그리고 그 현장에 아버지가 오셨다. 그땐 모르는
말이었지만, 나는 '카오스'를 느꼈다. 쉬는 시간, 점심시간, 등하교 때마다
나는 아버지를 피하기 위해 어떻게 했었나.
오늘 비 내리는데, 걸음이 뒤죽박죽 학교까지 닿았다. 과학실이 있던
자리는 주차장이 되었고, 올다리 측백나무들은 세를 불렀다. 계단은
그대로일까? 이 난간은 그대로군. 여기는 선생님들 배구하시던 곳,
여기는 4학년 때 우리 반 실외 청소 구역. 교정을 걷는 동안 어쩔 수 없이
마음이 약해졌다. 그리고 갑자기 아버지의 손길을 만났다.
벽돌 사이사이를 까맣게 갠 반죽으로 채워 선을 긋는 일. 그걸 '메지[めじ]
넣는다'라고 한다. 1985년 겨울에 아버지가 메지를 넣은 건물에서,
아이들이 하나둘 우산을 펴며 나왔다.

발리|Bali|에서 떨어진 꽃을 주웠다.
그것을 차낭 사리|canang sari|에 담고 향을 피웠다.
잘한 일이었다.

제주에서 새를 보았다.
그보다 먼저 나무를 보았다.

목련은 남의 집 담장 안에 핀 것을 오가며,
개나리는 터널로 들어가기 직전에 스치듯이.
그래야 제맛.

3
月
31
日

도쿄 긴자|銀座|의 소담스러운 화방
게코소|Gekkoso, 月光荘|의 물감, 물감의 색.

엘라|Ella|가 노래한다.
말을 걸듯이.

> April in Paris, chestnuts in blossom
> Holiday tables under the trees
> April in Paris, this is a feeling
> No one can ever reprise⋯⋯

4월의 첫날.
구겨진 셔츠.
간밤의 일들.

(Foolish Love)를 부르는 루퍼스|Rufus|에게서 들큼한 술 냄새가 풍긴다.

엎질러진 봄날.

▷ song ｜ **Ella Fitzgerald & Louis Armstrong, (April in Paris), 1956**

▷ song ｜ **Rufus Wainwright, (Foolish Love), 1998**

4
月
3
日

친구들과 벼룩시장을 열었다.
넥타이를 팔고, 책을 팔고, 티셔츠를 팔고, 유리잔을 팔았다.
그걸 팔아서
넥타이를 사고, 책을 사고, 파스타 면도 사야지 하면서
우선은 겹벚꽃 가지를 사다가
벼룩시장 한쪽에 세워 두었다.

창경궁 홍화문으로 들어서자 대번 '꽃대궐'이었다. 자두나무와
살구나무와 앵두나무와 벚나무와 매실나무가 일제히 포즈를 취했다.
하지만 나는 어머니처럼 "저 집 살구나무 꽃 핀 것 좀 봐라" 하며
멀리서도 그것들의 이름을 알아채지 못하므로, 보이면 보이는 대로
이름을 부를 수 없다. 꽃들에게 그걸 들키는 건 여간 쑥스러운 일이
아니다. 몸을 겹친 살구나무와 소나무를 보며 겸연쩍은 웃음이나
짓는 수밖에.

091

한 나무 여기, 또 그 곁에. 나무와 나무는 서로를 아는가?
나의 사진 작업 〔대련|對練〕은 그렇게 시작되었다.

[대련 27], 2014

살구나무와 소나무.

동네서
젤 작은 집
분이네 오막살이

동네서
젤 큰 나무
분이네 살구나무

밤사이
활짝 펴 올라
대궐보다 덩그렇다

기억하기로, 열두 살에 펼친 국어 교과서에 이 동시가 있었다.│정완영,
〔분이네 살구나무〕│ 매회기 지고 벚꽃이 피면 덩달아 살구꽃도 핀다. 벚꽃이
홍얼홍얼 흔들린다면, 살구꽃은 짐짓 생각하는 표정으로 머물러 있는다.
밤의 가로등처럼. 소나무 씩씩한 거야 동네가 다 아는 일이고.

〔대련 3〕, 2012

회화나무와 향나무.

완연한 고태|古態|를 풍기는 수종으로서 회화나무와 향나무는 각각
활엽수와 침엽수의 대표쯤 된다. 한 뼘이 자라더라도 붓으로 친 듯한
회화나무의 선과 '한 오백 년'을 살아도 뻗대는 법이 없는 향나무의 선은
그 자체로 시간을 묶어 놓는다.

〔대련 17〕, 2014

가죽나무와 버드나무.

가죽나무는 아무 데나 덜컥 나서 훌쩍 자란다. 가죽나무가 한바탕
아름다울 때는 한여름 석양 속에서다. 잎자루 사이사이로 스미는 빛.
일렁임. 4월은 아직 석양이 이른 계절이고, 가죽나무는 이제 막 연한
새잎을 내놓았다. 지금은 버드나무가 일렁이는 계절이다.

〔대련 18〕, 2014

향나무와 팥배나무.

향나무 아래 팥알만 한 열매가 지천이라 갸웃했더니, 향나무의 것이
아니라 팥배나무가 떨군 것이었다. 만져 보면 딱딱하다. 맛이 떫고
시큼해서 사람보다는 산새가 좋아하겠다. 그런가 하면 향나무는
한껏 제 몸을 구부려 회오리를 흉내 낸다. 팥배나무가 까르르 웃는다.

〔대련 21〕, 2014

야광나무와 튤립나무.

맹렬하던 빛꽃의 기세가 슬쩍 풀 죽어 갈 무렵 야광나무는 후드득
피어난다. 꽃송이가 모두 위를 향하고 있으니 마치 계단 같다.
밤이면 계단에 불이 들어오게 될까? 뒤로는 튤립나무가 서 있다.
겨우내 털꽃처럼 피었던 눈에서 이제는 잎이 날 차례다.

月

7

日

18세기에 서울을 걸었던, 지금은
도리어 알 수가 없는 나의 혜원|惠園|에게 바치는
북소리.

▷ record ｜ Ciccone Youth, 〔The Whitey Album〕, 1989

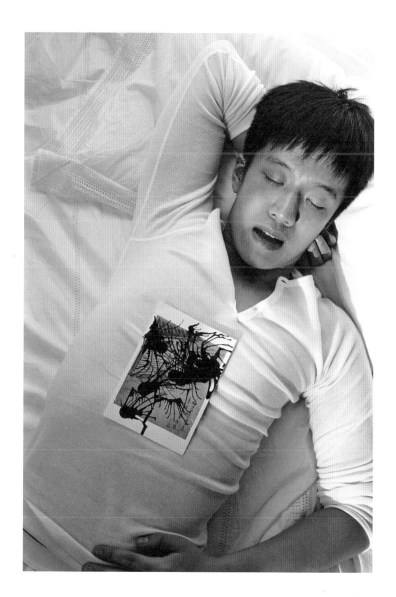

4
月
9
日

벚꽃을 맞으러 부여로 가려는데,
라디오에서 강원도에 눈이 온다는 뉴스를 들었다. 나는
눈을 택했다. 그리고 홍천에서 고개를 넘다 차를 세웠다.

청농원. 그곳을 어찌 모르겠는가.

중학생이 된 나는 "집에서 떡 찌지 말고 그냥 돈으로 줘, 엄마" 하며 무슨 맡겨 놓은 돈 찾듯이 굴고는, 시내 쫄면집에 예닐곱 모여 앉아 '우리는 더 이상 어리지 않아' 스타일로 생일 파티를 했다.

───촌스럽게 무슨 케이크냐?

중학생이란…….

쫄면 먹고 오락실 들러 돌아오다가 오거리 신호등 옆에서 무심코 들어간 꽃집. 거기가 청농원이었다.

───장미 한 송이에 안개 조금 넣어 주세요.

───누구 생일이에요?

───아뇨, 제 생일 자축하려고요.

열네 살인 나는 분명 그렇게 말했다. '자축'이라는 말을 어떻게 알았느냐면, 그때 걸핏하면 듣던 라디오에서 걸핏하면 나오던 말이 "오늘 생일을 맞은 아무개 씨가 자축하고 싶다며 신청한 곡입니다. 이상은의 [사랑해 사랑해]", 이런 식이라서.

───생일 축하해요.

청농원 누나를 그렇게 처음 알았다.

나는 청농원에 맨날 들렀다.

───누나, 이 꽃은 이름이 뭐예요?

그건 스타티스|statice|였다. 까슬까슬 종이로 만든 꽃 같았다.

———누나, 이건 뭐예요? 옛날부터 궁금했어요.

그건 금어초였다. 겨울이면 나오는, 한 번도 산 적은 없는 꽃.

어떤 날은 누나가 먼저 꽃을 골라 줬다.

———오늘은 이 캔디 장미에 난잎을 하나 넣어 보면 어떨까?

장미마다 이름이 따로 있다는 건 얼마나 새로운 낭만이던지.

무엇보다 청농원 누나는 꽃을 포장하는 손매가 남달랐다.

장미 한 송이 셀로판지에 길쭉하게 둘둘 말아 알루미늄 포일로 감싸는

방식이 삼천리 방방곡곡 다를 게 없던 때|지금도 그건 마찬가지다|, 누나는 꽃을

그렇게 싸지 않았다.

내가 열네 살 생일을 자축하겠다며 골랐던 장미 한 송이도 누나는

오늘처럼 만들어 주었다.

누나는 내내 논산에서 꽃집을 하고 있다. 이름은 누나의 이름 '윤미진'의

마지막 글자를 따서 '진 플라워'라 지었다.

토요일 저녁 그곳에 들렀다. 거의 20년 만이었다.

———세상에……

누나가 웃으며 울었다.

장미와 안개.

올해의 생일을 그렇게 자축했다.

▷ song | New Kids on the Block, (Happy Birthday), 1990

4
月
12
日

정화가 없다.
그것만이 사실은 아닐 텐데
생각나는 대로 그저 미뤄만 두려는 마음은 무엇일까.

2007년 4월 내 생일에,
모여서들 왁자지껄 취해 잠든 다음 날 아침에
정화와 함께 이 사진을 찍었다는 걸 기껏 생각해 내었으나
그 또한 도로 덮어 두려는 마음은 무엇일까.

정화가 떠난 2015년 4월 12일로부터
아직은 그렇게만 되었다.

4
月
14
日

봄, 충남대학교 운동장.

▷ song | 조월[Jowall], 〔불꽃놀이〕, 2009

4
月
15
日

봄, 화순 운주사.

▷ song ┃ 김정미, 〔봄〕, 1973

빛과 인간이 만나 가장 잘한 일은 보이는 모든 것들에 이름을 붙인 일.
빗꽃이 진 다음 귀룽나무에 귀룽나무꽃이 매달릴 때, "너는 어쩜 그렇게
귀룽귀룽 꽃을 달았니" 지껄이며 좋아할 때, 귀룽나무의 귀룽나무라는
이름은 얼마나 정확한지. 여전히 아름다운지.

4
月
21
日

북한산 진관사 계곡 너른 바위에 눕는 날.
봄이면 한 번은 그러고자 하는 날.

북쪽이고, 산이라서,
여기서는 계절이 두 박자쯤 느리다.
도심엔 후루루 벚꽃이 졌는데
여기는 이제야 진달래로 시작한다.

아직 괜찮다고 마음을 놓는 날.
봄이면 한 번은 그러고자 하는 날.

▷ song ┃ Ellen Allien, 〔High〕, 2015

□ book ┃ 한수산, 〔사월의 끝〕, 1978

경주 안강읍에 1600년대 회재|晦齋| 이언적 선생이 공들여 지은 집이 있다.
거기 행랑채에 하루 묵기를 청했으니,
3만 원을 이체하고 밤길을 달려 11시에 닿았다.

솟을대문 옆으로 나무가 두 그루인데,
하나는 향나무 다른 하나는 모르다가
아침에서야 그 어여쁜 나무를 조각자나무라 부른다는 것을 알게 되었다.
처음 듣는 이름이었다.
한편 어젯밤에 참 기이하게도 울던 새는
호랑지빠귀라고 했다.

그 집이 참 아름다웠다.

거기서 멀지 않은 곳에 옥산서원|玉山書院| 현판이 청결하게 걸려 있다.
추사|秋史| 김정희 선생의 글씨다.

5
月
3
日

경주박물관에 가면 아주 먼 곳에서 온 유리잔이 전시되어 있다.

> 경주의 왕릉급 무덤인 돌무지덧널무덤에서는 25점에 이르는
> 유리그릇이 출토되었습니다. 대부분 지중해 연안과 사산조
> 페르시아에서 만들어져 실크로드나 남쪽 바닷길을 따라 신라에
> 들어온 것들입니다. (⋯⋯) 신라에는 문물뿐만 아니라 사람도
> 들어왔습니다. 9세기의 이슬람 문헌에는 이슬람인이 신라에
> 정착했다는 기록이 있습니다.

신라가 있었다.
다른 나라였다.

헌화가獻花歌, 여왕의 시대, 첨성대, 금으로 만든 신,
원성왕릉과 흥덕왕릉을 지키고 서 있는 서역인상.

경주 황오동을 걷다가 한 가게 앞에 선다.
가게 이름이 '신밧드'다.
그곳에 들어가 본다.

□ book ǀ 강석경, 〔이 고도를 사랑한다〕, 2014

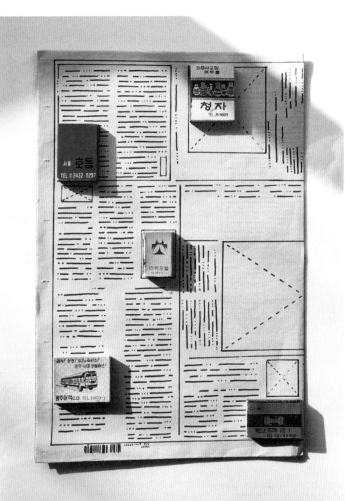

서울이 예뻤을 때
서울을 몰랐을 때

태양이 뜨거울 때
가슴이 날개 칠 때

있던 것들.

▷ song | 패티 김, 〔태양이 뜨거울 때〕, 1967

□ book | 뿌리깊은나무편집부, 〔한국의 발견: 서울〕, 1983

르 알래스카(Le Alaska)
'스마일' 빵

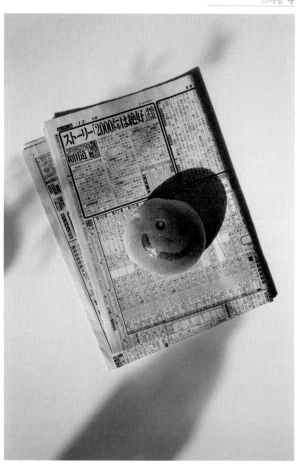

빵이란 무엇인가. 빵이란 대개 턱없이 부족한 맛의 요소를 엉뚱한 덩어리감으로 귀여운 척 만회하려는 모종의 시도, 혹은 그 덩어리 자체를 가리키는, 한국어 중에서는 제법 희귀한 발음을 지닌 말이다. 나는 빵같이 생겨 가지고 왜 빵을 싫어하느냐는 반박하기 힘든 핀잔도 듣지만, 빵은 정말이지 아무것도 아니라고 빵을 볼 때나 먹을 때나 똑같이 생각한다. 어디서 맛없는 빵만 먹었느냐, 맛있는 빵도 있다, 똘똘한 누군가는 끊임없이 설파하지만 그럴 때마다 나는 "너나 드세요" 하며 고개를 쌩 돌리지는 않고, 주는 대로 받아먹긴 다 받아먹으면서도 '역시 빵은 이래', 확신한다. 빵은 웃기는 짜장면도 아닌 그냥 빵이다. 가끔 좋아라 이 빵을 고를 때도 있지만, 빵의 위상에는 변함이 없다. 나는 찌개가 좋다.

예쁜 철쭉을 보았다. 철쭉이 예쁠 수가 있다니…….
그간 철쭉에게 미안했던 마음을 조금은 덜어 내었다.

'예전엔 라일락이 5월에 피지 않았나?'
생각해 봤자 라일락은 이미 지고 없는 것을.

부산에서 기차표를 서울까지 끊지 않고 동대구까지만 끊었다.
대구에 내려서 코로나를 마셨다.
대전이었으면 밀러를 마셨을 것이다.
웬일인지 대전이었으면 정말 그랬을 거라고, 대구에서 코로나를 마시며
쓸데없이 확신했다.
창밖에 장미가 있는
아무렇지도 않은 밤이었다.
모르는 사람이 술을 샀다.

▷ song │ Arthur Russell, 〔The Platform on the Ocean〕, 2004

대구 진골목식당의 마루를 보라.
종일 걸레질만 하며 살아도 괜찮겠다는 뻥이 절로 나온다.
발이 닿든, 배를 깔든 매끄럽고 차디차다.
엎드려 하다 잠들 숙제가 필요하다.

이맘때 좋아하는 국내 여행지를 물으면 별생각 없이 경북 내륙이라
답하는데, 그때 머릿속으로 떠올리는 이미지가 바로 이 사진이다.
국도변 빈집, 마당에 불두화|佛頭花|가 핀 청송 어디쯤.

129

경북 영양에 주실숲이라는 숲이 있다.
시인 조지훈의 생가가 있는 마을 앞, 그래서 5월이면 축제가 열리는 곳.
지나다 마침 백일장에 참가한
나는 제목을 〔귀향〕이라 짓고,

> 오는 길에
> 오동이 피었기에
> 지금이 오동이 필 때인가
> 생각하기를

첫 연을 이리 썼다.
그러나 이어서 더 쓴 것은 억지였는지 기억이 나지 않는다.

오늘은 서울에 오동이 핀 날.
어디로든 돌아가고자 하는 날.

▷ record ┃ Emil Gilels, 〔Beethoven: Sonaten nr.21 'Waldstein'〕, 1972

5 月 15 日

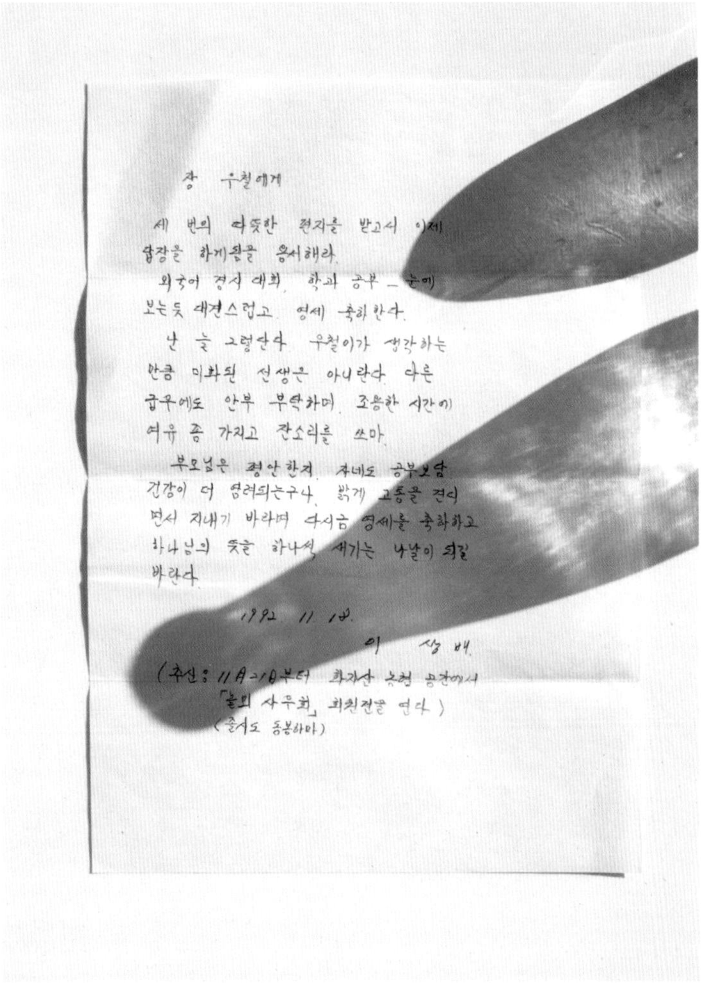

장 우철에게

세 번의 따뜻한 편지를 받고서 이제
답장을 하게됨을 용서해라.
외국어 경시 대회, 학과 공부 — 눈에
보는듯 대견스럽고, 영세 축하한다.
난 늘 그렇단다. 우철이가 생각하는
만큼 미화된 선생은 아니란다. 다른
급우에도 안부 부탁하며, 조용한 시간에
여유 좀 가지고 잔소리를 쓰마.
부모님은 평안한지. 자네도 공부보담
건강이 더 염려되는구나. 밝게 고통을 견디
면서 지내기 바라며 다시금 영세를 축하하고
하나님의 뜻을 하나씩 새기는 나날이 되길
바란다.

1992. 11. 12.

이 상배.

(추신: 11月 21日부터 화가산 농협 공간에서
「놀의 사우회」 회원전을 연다)
(졸서도 동봉하마)

편지를 쓰려던 마음을 두 번쯤 접자
편지 상자에서 편지를 꺼내는 오후가 되었다.

종이가 얇다. 서해의 밀물이 그렇듯이.
글씨가 맑다. 정오의 소주가 그렇듯이.
선생님은 경상도 상주 분이었다.

결심한 듯 다문 입매, 큰 콧날,
조신하도록 단정한 걸음,
단신이었으나 강단이 있던 어깨,
선양 소주와 삼성 라이온즈의 팬,
어떻게든 하셀블라드|Hasselblad|를 갖지 않으려던 사진가,
사투리와 의고체|擬古體|가 섞인 말투.

————나중에 커서도 자기도 모르게 그늘 쪽에 앉을까 걱정된단 말이오.
교탁에 서서 선생님은 유리창을 향해 혼자

중얼거리듯 말씀하셨다. 우리는 갑자기 조용해졌다.
바위산과 강당 사이에 끼여 있어서 낮에도 형광등을 켜야 했던 교실에
대해 아무도 아무 말도 하지 않았던 때, 그럴수록 괜히 심각한 표정이나
짓기 일쑤였던 열일곱 살 우리는 그때 혹시 시를 쓰고 싶었던 게 아닐까?

헤아려 보니 25년이 지났다.
이럴 땐 꼭 그만큼의 시간에 대해 묻게 되지만
답은 한사코 어울리지가 않으니
너무 안타까운 일이다.

몇 해 전, 뒤늦게 선생님의 부음|訃音|을 접했다.

─────선생님, 저 왔습니다.
학년이 끝날 무렵 교무실로 부르셔서 찾아갔을 때,
선생님은 사진 몇 장을 보여 주셨다.
─────내가 이 사진을 여러분에게 선물로 주는 게 옳을까?
언제나처럼 그 말은 질문이기보다 다짐 같았다.

부끄러움을 아는 사람. 그래서
과연 부끄러워하는 사람.
어른이란 그러는 사람.

편지를 펼친 마음을 접지 못하고
그대로 펼쳐 두려는, 답장 같은
계절이 여기로 온 날.
존경하는 이상배 선생님께
소주 한잔 올리려는 5월의 한낮.

무령왕릉

천년이 지난 무령왕릉에는
지금도 새파란 빛이 일고 있다.
순수만 남겨 놓고 ⋯고 있다.
냄새도 없다.
서러움을 삼킨 신부(新婦)가
그 곁에 가, 눈을 감고 눕는다.

135

안면도 앞바다.

빈 바다.
빈 하늘.
더 밀려 갈 곳이 없는 유배지
모래바닥에 서서
새만이
바다를 건너가는 눈물.
서러움을 삼키며
그대마저 떠난
흐르는 빈 시간
안면도 앞바다.

─────저기 뻐꾸기 봐라.

자전거포 아저씨가 갑자기 낚아채듯 말씀하셨다.

그렇게 나는,

뻐꾸기는 날아갈 때 꼬리를 접었다 폈다 한다는 것을

중학교 1학년 봄에 획 알았다.

3월이 아니고 5월이라서

이르지 않고 충분히 가득한 봄이라서

물가로 토끼풀꽃이 피고 있다.

세상에서 가장 좋아하는 향기가 귓가에 은은하게 울려 퍼지고 있다.

▷ record ǀ The Magnetic Fields, 〔Holiday〕, 1994

5月19日

———만타가오리가 오면 주위가 갑자기 어둑해져요.
그러니까 여름에 큰 구름이 운동장을 지날 때처럼 그렇게.
———정말 크거든요. 그걸 올려다보면 모든 걸 잊게 되죠.
잠실 스킨스쿠버 다이빙 교실의 윤재준 선생은 대뜸 가오리 얘길 했다.
어떤 장비가 필요하고 어떤 기술을 연마해야 하는지, 뭘 어떻게 해야
물속에 머물 수 있는지 묻기 전에 가오리 얘기부터 했다. 윤 선생은
전복에 대해서도 말했다.
———바위에 붙은 전복은 손으로는 절대 떨어지지 않아요.
　　　경험하면 그냥 알게 되죠. 전복은 정말 강하구나!
서울올림픽 때 다이빙 경기장으로 쓰였던 잠실 제2 수영장은 주말마다
잠수복을 입은 사람들로 붐빈다. 그들의 꿈은 온통 바다의 밑으로
향한다.
———저는 지난겨울 동해 바다를 잊을 수 없어요. 바다로 10분쯤
　　　들어갔다가 물 밖으로 고개를 내밀었더니, 글쎄 온통 함박눈이
　　　쏟아지고 있는 거에요. '나는 지구의 아이구나',
　　　그런 생각을 했어요.
스킨스쿠버 다이빙은 우리에게 지구의 시(詩)를 읽으라고 말하는 걸까?
그날 밤 산호가 너무 보고 싶어 서교동 홍산수족관에 다녀왔다.

138

밴드 '구남과여라이딩스텔라'는 이런 가사를 노래한다.

> 도시의 생활, 지겨울 만큼 하고 있고
> 시커먼 공기도 마실 만큼 마셨고
> 가지가지 사람 구경도 해 봤고
> 파란 밤거리 스쿠터 드라이브는 여전하지만
> 도시에서만 살기는 젊음이 아깝잖아

지평선으로 달려가는 자동차, 못내 아름다운 멜로디.
어떤 날엔, 예를 들어 미루나무 꼭대기에 무엇이 걸렸는지 안 봐도 알 것
같은 맑은 날엔, 차를 몰아 들판 길을 달린다. 수로가 있는 곳에 내려
개구리를 쳐다보기도 하고, 논둑 머리 콩 포기를 세며 산 아래를 걷기도
하고, 건들대는 참깨 대를 지나 포도밭에서 포도를 사기도 하고,
저수지 근처 식당에서 매운탕에 밥을 말기도 한다.

───── 도시만 살짝 벗어나도 농촌은 계속 걸쳐 있죠. 흔하죠.
　　　논밭마다 농부들이 있고요. 그러다 생각했어요.
　　　한국의 농부는 어떤 얼굴일까. 어떤 얼굴이 진짜 한국의 농부일까.

사진가 전민조 선생이 30년 넘게 농부들을 찾아다닌 것은 다큐멘터리의
성격조차 벗어나 있었다. 그는 그냥 다녔다. 아무 데나, 정처 없이. 그곳에
가면 뭐가 있다는 것도 모르고, 밤이 오면 마을에서 잠을 자고, 새벽
댓바람에 씨 뿌리는 농부에게 말을 걸었다.
———할아버지, 이른 아침부터 무슨 일을 그렇게 열심히 하세요?
그는 호기심을 가누는 방법으로 근면을 선택했다.

1982년 봄에 전북 남원에서, 선생은 한 농부를 만났다. 지리산에
올랐다가 너무 더워 포기한 날이었고, 오랜 가뭄에 버썩버썩 마른 것들로
길이 어지러운 날이었다. 버스 창에 기대 있는데 비가 내리기 시작했다.
단비 중의 단비. 갑자기 주위가 어수선해졌다. 사람들이 몰려나왔다.
장화를 신은 사람, 호미를 든 사람, 쟁기를 끄는 사람, 삿갓을 쓴 사람,
소를 모는 사람. 모두 비의 뜻을 알고 있었다. 지금은 가만히 있을 때가
아니라는 것 말이다. 선생은 그중 소를 몰고 가는 한 농부를 보고
버스에서 내렸다. 그리고 농부의 얼굴을 찍었다.

———그때까지만 해도 보도사진이 최고인 줄 알았어요.
　　드라마틱한 순간, 충격적인 현장, 고발하는 메시지 같은 것들.
　　그 농부를 찍고 생각이 뒤집혀 버렸죠. 살 썩은 사진과 못 찍은
　　사진을 떠나서, 사진을 하면서 성스러움을 느낀 건
　　처음이었으니까요. 하지만 그것도 곧 사라진다는 걸 알고
　　있었어요. 꾀꼬리가 울어도 찬바람 한 점이면 사라지는 것처럼요.

그는 붙들고 싶다고 말한다. 그래서 기록해 둔다. 고향이든 추억이든 향수든, 한 장의 사진이 뭔가 돌이키는 힘을 가졌다는 믿음으로.

전민조의 사진집 〔농부〕에는 그냥 아무렇지도 않은 농부들이 있다. 그런 채 어떤 감흥으로 설득하지 않는다. 손마디며 주름살이며 땀방울이며, 고됨이나 해학이나 참혹함이나, 있던 대로 옮겨 놓는다. 요컨대 전민조의 농부 사진엔 일말의 '재주'가 없다. 단비에 웃던 남원의 농부처럼 마음을 다할 수 있을 뿐.

구남과여라이딩스텔라의 노래는 이렇게 흘러간다.

> 아카시아 향기 불던 과수원 동네도 좋았던 기억인데
> 아침부터 벌어지는 농부들의 파티, 파티, 땀 흘리는 파티에
> 나도 함께할 수 있다면

이 노래를 따라 부르기도 한다. 마침 아까시*가 피는 계절이다.

▷ song ǀ 구남과여라이딩스텔라, 〔도시생활〕, 2007

□ book ǀ 전민조, 〔농부〕, 2009

* 흔히 '아카시아'로 잘못 알고 있는 나무의 본디 이름.

143

5
|
月
|
25
|
日

논산 성동면을 지나다
수탕석교|水湯石橋|라는 이정표가 눈에 들어 찾아갔더니
포플러 한 그루가 훤칠하게 서 있었다.
다가가 악수를 청하고 싶었다.

5
月
26
日

모
내
기.

찔
레
는 지
고.

5
月
29
日

의릉|懿陵|에 고운 산딸나무 몇 그루가 있다기에
의릉으로 꽃 핀 산딸나무를 보러 갔다.
거기서 흰 개를 만났다.

오가며

그 집 앞을 지나노라면

꽃의 릴레이는 완연한 장미의 차례.
밤이면 위스키 잔 속 얼음들이 제풀에 녹아 움직인다.

————1년 중 지금뿐이야.
우리 중 누군가 말한다.

프랭크 시나트라|Frank Sinatra|의 음반을 틀어 놓는 어떤 밤엔
스피커를 창 쪽으로 돌려놓는다.

▷ song | 가곡 〔그 집 앞〕

▷ record | **Frank Sinatra, 〔Strangers in the Night〕, 1966**

여름

연잎에서 연잎 내가 나듯이
그는 연잎 냄새가 난다.

해협을 넘어 옮겨다 심어도
푸르리라. 해협이 푸르듯이.

—정지용, 〔파라솔〕 중

여름이 오면

향수를 치운다.

이솝[Aesop]
데오도란트

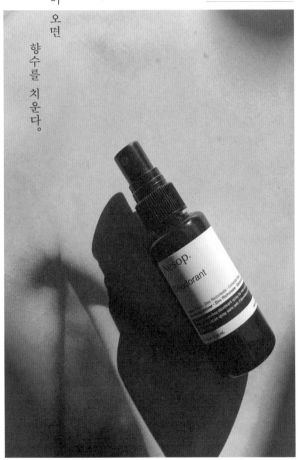

6
月
3
日

시칠리아 [Sicilia] 북서쪽.

정오.

6
月
4
日

안녕, 귀여운 내 친구야
멀리 뱃고동이 울리면
네가 울어 주렴 아무도 모르게
모두가 잠든 밤에 혼자서

▷ song | 산울림, 〔안녕〕, 1986

승권이가 대전으로 전학을 간 것은,
1989년 6월.
혹은 8월이었다.
몹시도 섭섭한 마음에 나는
취암동 대우아파트 A동 209호를 찾아가 장미를 주고 돌아섰다.
피지 말라고 며칠이나 꽃봉오리에 고무 밴드를
감아 두었던 들장미였다.

6
月
8
日

엄
마
의

장
미.

장
미
의

엄
마.

6　月　9　日

157

18세기 파리엔 마리 앙투아네트.
21세기 논산엔 마리 엄투마네트.
엄마의 화분들.

편수 냄비를 좋아한다.

양수 냄비를 꺼리는 이유는 두 손으로 냄비를 드는 동작이 마음에

안 들어서.

이유치곤 별놈의 이유다.

그 무겁다는 무쇠 주물 냄비를 사면서도 양수는 안중에 없었다.

백화점 8층에서 이걸 팔던 여자가 물었다.

————힘 좋은 아빠가 직접 이유식도 만들어 주시게요?

나는 대답을 건너뛰었다. 여자의 질문은 쓸데없지만,

이 냄비는 정말 쓸데가 많다.

새우젓 넣은 달걀찜,

홍두깨살 찢은 장조림,

꽁치김치찌개,

한밤에 고구마도 굽는다.

뭐든 여기에 하면 맛이 다르니,

가장 충격적인 건 라면.

라면 맛이 다를 수도 있다.

오늘의 꽃꽂이.
해바라기, 아킬레아|achillea|, 일본에서 온 거베라|gerbera|.
조금 시들해져 처지고 나면 더 멋이 날 것도 같고.

두근두근.
버릇인지, 이치인지
꼭 누워서 듣는 음반이다.
이 강박적인 엇박자야말로 혈액순환에 크나큰 도움이 되겠거니.
쿵쿵쿵 6월의 일이겠거니.

161

I Am Not Afraid I am not afraid, ze said, of the non-believer within me. No delight at the pain of my enemies no tears for any friends I have lost. You are not alone, I said. It is a trial to keep my belief suspended. I leave my violin unattended in a cab or a restaurant. And then when ze started to sing, nobody could've called them crazy. Open chord forever unchanging. Holy eternal drone.

I'll never have any children, I'd bear them and eat them, my children. I'm gonna change my body in the light and the shadow of suspicion. I am no longer afraid. The truth doesn't terrify us, terrify us. My salvation is found in discipline, discipline.

I haven't had a smoke in years but I will catch a drag if you are smoking. They told me to chew on a toothpick, told me to take a deep breath. What is better is to punch a wall, to burn the boxes of your old love letters, to be impassive to the words that could save you, to need to see the world as ash.

And I'll never have any children, I would bear them and confuse them, my children. And I'm not at all afraid of changing but I don't know what good it would do me. I am no longer afraid. The truth doesn't terrify us, terrify us. My salvation is found in discipline, discipline.

In Conflict Strung out on the highway the car inverted. What are you but a drum and a tube and a wire, black heart? A fire in the dark? I have no statement for your benefit, young man, except this: we all will live again in the eyes of an actor, and the light on the glass. So let me see that ass.

Sorceress, valkyrie, you let you let yourself believe. Sorceress, come clean, you let you let yourself believe that there is

nothing to lose, there is nothing to lose, there is nothing to lose.

Remember when you told me all about the fatherghost? He whispers at you when you try to pull, you're an imbecile and your limbs carry lumber, your limbs carry lumber.

The shadow of violence is the shepherd of sense. The shadow of violence is the shepherd of sense and when I hit the fence I had a hand on the wheel and a hand on the dial, man on trial, man on trial.

Sorceress, valkyrie, you let yourself belie... ess, come clean, yourself believe tha... nothing to lose, the... nothing to lose, the... to lose, there is not...

On A Path Dig dig... in the name of keeping... der. Silver is nothing more... the displacement of water. It's... trick of the light on the face of your daughter and/or your son. The rising tide of intellect your room a holy mess a copy of "The Dispossessed" your room a holy mess. You say you'll never go home but the truth is you never left it. From the top of the canyon we look down on what can be created by vote created by bill created by vote. You stand in a city that you don't know any more spending every year bent over from the weight of the year before. You stand in a city that you don't know any more you tried to rule the world but you couldn't get beyond the front door.

I was a kid without a heart my chest an empty cavity a hole to be filled by the multitudes around me. So why didn't you say why didn't you say so when you could see? We gotta call the whole thing off get out before the drop we gotta call the whole thing off get out before the drop. I stood in a city that I don't know any-

more no I don't know anymore I stood for a city but I don't know anymore I don't know anymore stand in a city that I anymore spendin... bent over fr... year befor... anymore... the la...

You saved the game and Escobar came from the grave to warn you with a bloody hand to never try to make the band, said like a blister underside, the body will heal any hole the body gradually transform and lose its features one by one until it is as beautiful as the wind before the storm.

Do you agree or disagree? There's a gap between what a man want and what a man will receive. The sun has set on me. There's a gap between what a man want and what a man will receive.

The sticks smash on the flatbed boys tour the town victorious in war the sticks smash on the flatbed boys tour the ball. *The Secret Seven Moon* It rises to break across the river and a moon-faced boy. Would you write a speaking part for me, a part that puts somewhere between the elevated road and the water? It don't get better, the

hunger, even back in his arms, no the water will get higher as fast as you run.

Charity think no evil and... never faileth let me feed... song. I'm out on the... open case and a... every coin I... the su... will return... days I... nd and... watch-... avers... hun-... aster

...shine upon the... broken bloody... fill your gaps like it... ? The sunlight creep-... ss the line to rest upon the... of our ruin and if your mother doesn't answer then give me a call here's my number 854-4784.

Chorale Out from the heavens, one of the seven comes to collect me while I am sleeping. Holy enemy, leave me, leave me be. I'd be leaving too much behind me, unfinished and unripened. He is a creature of song, in his voice a model of the kingdom of heaven, but he comes from another world, a world I could not could never believe in.

Lead me to the ocean, clasp my hand, shade me from the sunlight, we lay down in the sand. Oh surrender, I cannot surrender, I can say it but I won't believe it. He is a creature of song, in his voice a model of the kingdom of heaven, but he comes from another world, a world I could not could never believe in.

The Passions We talked about the drugs and we decided to abstain but still we locked ourselves inside and then my fingers lock behind your head you hook my pinkies on my jeans I'm twenty-eight and you're nineteen,

▷ record | Owen Pallett, 〔In Conflict〕, 2014

스모크트리|smoke tree|.
그런 나무가 있다.

6
月
18
日

타일을, 그것도 한 장을 뭐하러 샀느냐면,
어쩔 수가 없어서.

코닝클러커 티헬라르 마큄|Koninklijke Tichelaar Makkum|의 타일
'Animals in a Circle'

꽃은 꽃.

열매는 열매.

어쩔 수 없는 일.

6
月
21
日

그 또한 어쩔 수 없는 일.

빨간 장미를 찍으면 색이 번진다.

필름 카메라로

165

어두워지는 마라케시|Marrakesh| 골목길에서 이걸 보고 웃었다. 가게
주인은 아마도 이것이 촛대로 쓰였을 거라고 믿을 수 없는 사람처럼
말했다. 유통기한이나 성분에 대한 얘기라면 모를까, 용도는 아무래도
상관없는 일이라서 덩달아 웃기만 했다. 주인은 이것이 20세기 초에
모로코의 큰 부자들만이 즐기던 물건이라고 덧붙였다. 그리고 꼭

두 개를 같이 사야 한다고 큰 눈을 더 크게 떴다. 하나에 만 원씩, 나는
깎지도 않고 샀다. 그러고는 거기에 어떤 초를 꽂을까 생각하지 않는다.
말하자면 계속 잠이나 자도록 내버려 두려 한다. 꿈이나 실컷 꾸라고,
어떤 방해도 하지 않고자.

□ book | **Ester Coen, 〔Matisse: Arabesque〕, 2015**

아스티에 드 빌라트
인센스·인센스 홀더

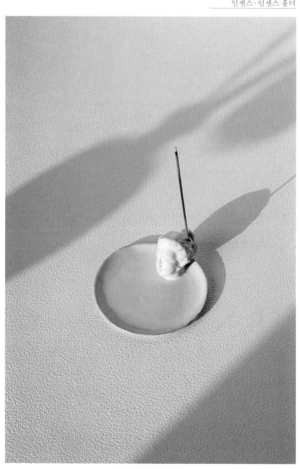

여러 지역의 이름을 따서 만드는 아스티에 드 빌라트|Astier de Villatte|의 인센스 중에서 마리앵바드|Marienbad|를 제일 좋아한다. 지금은 그렇게 부르지 않고 다른 이름으로 부르는 체코 서쪽의 휴양도시. 알랭 레네|Alain Resnais| 감독의 1961년 영화 〔지난해 마리앵바드에서|L'Année dernière à Marienbad|〕가 나올 무렵에는 과연 마리앵바드라고 불렸을, 어쩐지 저녁이 아름다웠을 도시. 연기가 풀리면 저녁도 풀린다.

어려서 동네 형네 집에 놀러 가면 뭔가 공작품이 있었다. 그것들은 주로 커다란 유리 상자 속에 들어 있었는데, 나무를 깎아 만든 배가 그중 압권이었다. 지금 생각해 보면 그런 공작은 미술적 안목이나 재주가 남달랐다기보다, 어떤 숙련된 기술을 과시하려는 남자애들 특유의 태도였다.

여름이었는데, 서천군 한산면에 갔다가 옛날에 동네 형들의 방에서 봤던 것 같은 물건을 만났다. 그것은 물뿌리개, 쓰레받기, 풍향계, 등잔, 양동이 등의 생활 도구였고, 모두 함석으로 만든 것이었다. '정함석집'이라 불리지만 사실 간판은 없는 집. 서천군 한산면에 가면 '한다'라는 게 있다. 한산의 지역 공예품을 브랜드화한 한다는 차분한 이들이 기획했는지 전시 행정 식의 널뛰는 소란과는 담을 쌓은 채, 짚으로 만든 광주리, 나무를 깎아 만든 솟대, 벌건 쇠를 단련한 호미며 낫, 무형문화재 선생이 만든 부채 같은 것들이 오순도순 한데 모여 있다. 그중 정함석집의 정규승 선생이 야무진 손매로 만든 함석 물건은 이상하게도 기억과 만난다. 기억에 머무는 게 아니라 지금 당장 쓸모가 있다. 물뿌리개 하나를 사려 해도 마땅한 것을 찾기가 어려운 마당에, 함석으로 단순하게 만든 1만 원 남짓한 이것은 차라리 디자인을 초월한다.

들에서는 일찌감치 진 찔레가

방에서는 이제야 피었기에 반가워

거울을 대 주었다.

〔写楽〕, '샤라쿠'라고 읽는다. 1980년에 창간해 1986년까지 통권 69호를 낸 잡지. 초대 편집장 시미즈 기쿠호|淸水掬甫|가 만든 처음 29권이 특히 정수|精髓|다. 매 호마다 170페이지 남짓한 분량에 '소리를 즐길 수 있도록 사진을 즐긴다'는 콘셉트를 표방했는데, 표지에서 대번 알 수 있듯이 그라비아*를 전면에 내세운 채, 사진으로 다다를 수 있는 모든 쾌락을 도모했다. 보도, 풍경, 인물 같은 사진의 장르로는 물론, 시사, 경제, 사회, 대중문화 같은 콘텐츠의 분류도 모조리 쾌락에 수렴했다. 거기엔 무엇보다 '컬러|color|'라는 시대적 배경이 있었다. 컬러텔레비전과 컬러필름이 상징하는 바, 모든 페이지에는 이제까지 없던 것을 개척하는 에너지가 충혈되어 있다. 〔写楽〕를 남자 잡지로 분류하는 것은 얼핏 타당해 보인다. 벗은|듯이 입은| 여자가 표지를 채우고, 대부분의 광고가 |패션과 보석이 아니라| 카메라와 위스키니까. 하지만 〔写楽〕는 아직도 붙박이지 않는다. 스스로 즐기고 있기 때문이다.

175

▷ song | 山口百惠|야마구치 모모에|, 〔プレイバック|Play Back| **Part 2**〕, 1978

* グラビア. 인쇄 용어 그라비어|gravure|에서 나온 말로 '여성의 누드를 다루는 사진과 영상물'을 칭하는데, 성기나 체모, 성행위를 담지 않는 것으로 포르노그래피와 구별된다.

[과실 시리이즈]
우표

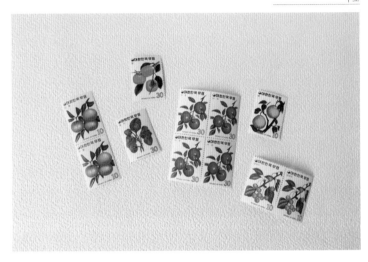

〔과실 시리즈〕는 1974년 체신부에서 우리나라 과일을 도안해 발행한 우표의 이름이다. 1집 살구와 딸기를 시작으로, 2집 포도와 복숭아, 3집 배와 사과, 4집 감과 양앵두, 5집 감귤과 밤까지 총 10종이 차례로 둘씩 짝지어 나왔다. 이근문 디자이너의 간결한 시각이 그라비어 4도 인쇄를 통하면서 이런 결과가 되었다. 비교해서 미안하지만, 요즘 나오는 우표는 40년 전 이 우표의 반의반도 못 따라간다. 어이가 없을 정도로 예쁘지가 않으니 사실 비교할 일도 못 된다. 그런 게 어디 우표뿐인가? 영동 캠벨 포도가 다 익으려면 이제 한 달만 기다리면 되는 7월이 되었다.

7
月
3
日

3년에 한 대쯤 이 인도네시아 담배를 꺼낸다.
입에 물기만 해도 금세 단맛이 번지는데,
그 맛으로부터 쉽게도 떠오르는 건 한없이
적도에 가까운 밤.

그리고 레이밴|Ray-Ban| 클럽마스터 선글라스를 쓰고
이 담배를 피우던 포토그래퍼 김용호.
도프 스튜디오와 카페 드 플로라,
1997년쯤의 청담동.

에스파드리유|espadrille|는 여름 신발이다. 2012년 바르셀로나에 갔을 때도 여름이었다. 밤에 거기서 비치 보이스|The Beach Boys|의 콘서트가 열렸다.

Don't worry baby

Don't worry baby……

멜로디가 넘실댈 때마다 객석이 바다처럼 출렁였다. 그리고 에스파드리유는 찢어졌다. 말해 뭐해, 에스파드리유는 약하다. 그것은 농구화가 아니다. 찢어진 신발짝을 길거리 쓰레기통에 넣고 나는 맨발로 택시를 잡았다. 그 밤을 해변의 여름이라 기억한다.

▷ song l The Beach Boys, 〔Don't Worry Baby〕, 1964

이탈리아와 튀니지 사이.
유럽과 아프리카 사이.
거기서 무엇이나 될까 하니
역시 소비자가 편하구나.
이탈리아에서 튀니지 접시를 사며 실실
웃기나 해야지.

184

밀라노에서 지나치던 부인의 원피스가 좋아서
한참을 따라갔다.

〔서브웨이|Subway〕라는 영화에서 이자벨 아자니가 대문짝만 한 귀걸이를
매달고 지하철역 계단을 내려오는 장면이 좋아서 백 번쯤 돌려 본다.

▷ song Ⅰ **Fox the Fox,** 〔Precious Little Diamond〕, 1984

속옷이든 속옷처럼 입는 겉옷이든 영국 브랜드 선스펠|Sunspel|은
무심하게도 몸을 감싸는 옷을 만든다. 부드럽기는 꼭 '밀크'라는 발음 같다.
나는 이것을 꼭 삶아서 입는데, 저절로 돌보려는 마음이 들어 그런다.

우일요의
자기들

선들.
면들.

언젠가는 금강에 씻겼을 호피석.
몇 해 전 포틀랜드|Portland|에서
서울로 와 부러진 선글라스.

7
月
21
日

Landmannalaugar

아
이
슬
란
드
、

용눈이오름

그리고 제주도.

Klófífa

문주란

Jökulsárlón

예래리

경기도 양평에서 단발머리 버드나무를 보았다.
서울 옥수동에 있는 미장원 이름은 '헤어지지 마'.
전북 정읍에 있는 미장원 이름은 '자를래 마를래'.

인천 영흥도에서 앞머리가 간지러운 파라솔을 보았다.

7
月
25
日

오늘 구름.

오늘 연못.

이 얇은 컵에 입술을 댈 때마다、

와그작 씹고 싶은 충동을 느낀다。

피의 맛。

야하다。

쇼토쿠 글라스|Shotoku Glass|
우스하리|うすはり| 잔

인천 제물포고 운동장에서
파울볼을 찾으려면 숲으로 들어가야 한다.

숲에서는 야구공을 둘러싼 일들이 벌어진다.

교문을 나오며
'여기에 돈가스집을 내고, 데카르트 양분식이라
보이지도 않는 간판을 걸어야지,
양을 많이 줘야지',
생각한 적이 있다.

상하이의 밤은
연하게 어둡고
노랗게 밝다.

일광욕。
일요일。

◇ movie ∣ Frank Perry, 〈The Swimmer〉, 1968

□ book ∣ 〈L'Uomo Vogue〉, May/June, 2006

'여름방학'.
세상에서 가장 귀여운 말.

8
月
11
日

204

이국의 호텔에서 늘 하는 짓.
밀라노.

◇ movie | **Michelangelo Antonioni**[미켈란젤로 안토니오니], (**La Notte**[밤]), 1961

머나먼 남국. 맑은 날의 해 질 녘. 그림자 긴 당신. 이 노래는 거기서
시작되었다고 믿는다. 고야마 요시코|こやまよしこ|는 오키나와 민요를
전수받았고, 콘콘베 하우스|Conconbe House|라는 평화로운 레이블에서
음반을 냈으며, 하나우타|Hanauta, 콧노래|라는 이름으로 공연을 연다.
그리고 농사를 짓는다. 철 따라 모를 내고, 거름을 뿌리고, 김을 매고,
열매를 딴다. 그래서 그녀의 공연은 주로 농한기에 열린다. 2008년에
나온 음반〔水甕 Mijigami〕의 테마를 이루는 'Miruku'는 '미륵'이라는
뜻으로, 오키나와에 깃든 소박한 토템 문화와도 정겹게 손을 맞잡는다.
구슬프다기엔 청아하고, 맑다기엔 번진다. 그러니까 여름의 서쪽처럼.

205

▷ song | こやまよしこ,〔Miruku—Prologue〕, 2008

이시가키 石垣
북서쪽 해변

이시가키
낚시풍 래빈

'모임 별'이 21세기 첫 10년 동안 서울에서 보여 주고 들려준 것으로부터 나는 나를 서울 사람이라 여겼다. '여기가 서울이구나, 내가 서울에 살고 있구나', 그런 자각. 흥분이라면 흥분.

가령 2002년 초여름 광화문 네거리 동아일보 건물 옥상에서 그들이 연주하는 〔진정한 후렌치후라이의 시대는 갔는가〕를 들을 때, 나는 서울에 있었다. 저마다 '서울'을 갖고 있다면, 나의 서울이란 모임 별의 음악이 맴도는 서울이다.

새벽 2시에 완전히 취해서 택시 기사에게 "별이 지지 않는 곳으로 가 주세요"라 말하는 미친 친구에게 기사가 "네?" 되물으면, 얼른 "이태원요. 소방서 아시죠?" 하면서 웃거나 할 때, "자고 갈까요?" 묻는 선선한 애를 군이 보낸 뒤 멍청한 표정이나 짓는 때, 나는 그걸 들었다.

들으며 내내 같은 생각이 들었던 것도 같다.
'돌아갈 수 있어, 돌아가고 있어.'

▷ record │ 모임 별|Byul.org|, 〔아편굴 처녀가 들려준 이야기〕, 2011

8
月
19
日

수국이 예쁘길.
나의 소망 중에는 그런 것도 있어서
낮에 본 수국을
밤에 다시 본다.

수국이 예쁘길.
나의 습관은
수국이 있던 마당으로부터 온 것이 아니었는지
수국이 예쁘길
원망하듯 말한다.

지가사키|茅ヶ崎|.

거기 한 료칸에서 하루를 묵었는데,
해변에 나갔다 돌아오니 방에 수국이 놓여 있었다.
그걸 봤을 때처럼
수국이 예쁘길,
나의 소망은 여전히 그러하다.

베를린 소호하우스|Soho House|에서 모르는 사람과,
마요르카|Mallorca| 로카마르|Hotel Rocamar|에서 그 동네 애들을 불러,
쿠알라룸푸르 마제스틱|The Majestic Hotel Kuala Lumpur|에서
마음이 옛날인 애인과,
서울 고이|Goi|에서 겨울이 오거든 혼자,
지가사키 지가사키칸|茅ヶ崎館|에서 태풍 속보를 들으며,
시엠레아프|Siem Reap| 래플스|The Raffles Grand Hotel d'Angkor|에서
몇 날 며칠 리넨을 입고서,
마라케시 리아드 차이카나|Riad Tchaikana|에서
늦은 밤 따진|Tagine|을 먹으며,
앤트워프 센트리호텔|Century Hotel|에서
뭐 하나 특별할 것 없는 이런 곳에 묵길 잘했다 생각하며,
파리 로텔|L'Hotel|에서 모든 게 마지막인 것처럼.

라오스 루앙프라방、 메콩 강의 노을。

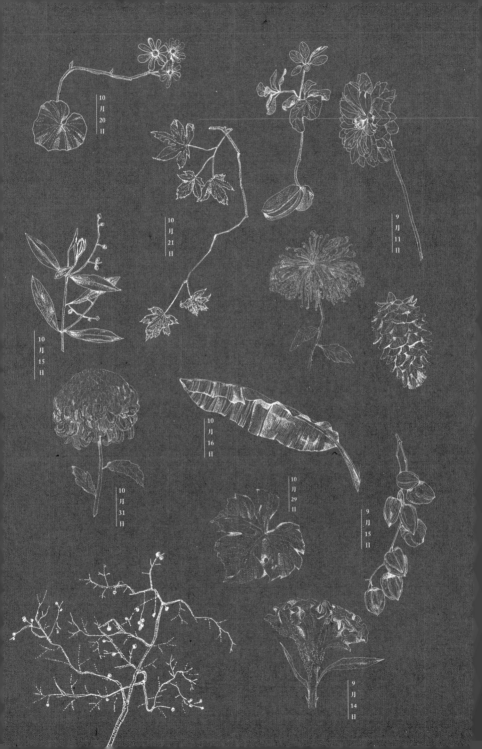

10
月
20
日

9
月
11
日

10
月
21
日

10
月
15
日

10
月
31
日

10
月
16
日

10
月
29
日

9
月
15
日

9
月
14
日

가을

미닫이에 풀벌레 와 부딪는 소리가 째릉째릉
울린다. 장마 치른 창호지가 요즘 며칠 새 팽팽히
켱겨진 것이다. 이제 틈나는 대로 미닫이 새로
바를 것이 즐겁다.

—이태준, 〔가을꽃〕 중

9 月 1 日

낮잠의 계절이 왔다. 독서의 계절과 함께.

218

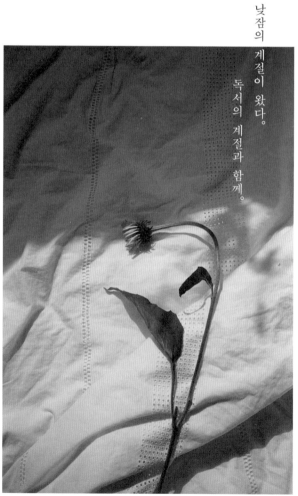

'능소화가 지금은 다 떨어졌겠지.'
그런 생각으로 나선 산책길이었다.
연립주택 경비실 지붕 위로 넝쿨을 드리운 그것이
대답처럼 슬며시 내려와 있었다.
아직은 토요일.

9
月
4
日

창경궁에 이리저리 난 흙길을 좋아한다.
풍수|風水|와 왕조|王朝|로부터 다져진 이 길에서는
먼지가 일거나 빗물이 고이지 않는다.
도리어 아스팔트보다 튼튼하다.
그러다 모두의 그림자를 받아 줄 때면
무르게도 품을 연다.

강낭콩을 샀다.

새로 산 접시한테 잘해 주려 그랬다.

동대문 밖 경동시장에 가면 아직 산딸기가 있을는지.

아주 그냥 인정이 샘솟누나.

9
月
10
日

백로[白露]가 지나고,
어젯밤엔 〔백로와 포도〕라는 제목으로 짧은 글을 쓰고 싶어서
2시 지나 3시까지 앉아 있었다.

김석빈도자기
'블루 라인'

논산에 사는, 청양이 고향인 일흔 몇 살 엄마는 자부심의 여왕이다. 당신의 알뜰한 살림 솜씨, 부엌에서 발휘하는 놀라운 스피드, 성경을 필사하는 데 들이는 열과 성, 마늘 농사 잘 지어 아들 친구에게까지 나눠 준 마음 씀, 무엇보다 철마다 꽃들의 릴레이가 벌어지는 화단의 지배자라는 사실. 엄마와 전화할 때, 나는 으레 이렇게 묻는다.

———엄마, 지금 화단에 뭐 뭐 피어 있어요?

어젯밤 엄마는 이렇게 대답했다.

———접시꽃 다 쏟아지고 나니까 지금은 달리아|dahlia| 몇 개밖에 없네.

대번 풀이 죽은 투에 어딘지 부끄러움마저 묻은 소리. 엄마가 그러는 이유를 안다. 누가 봐도 기막히게 울긋불긋 꽃 잔치가 열렸노라, 동네 사람 다 알도록 자랑하고 싶건만, 늘어진 달리아 몇 대로는 영 그럴 거리가 못 되니까. 그럴 때 엄마는 말을 돌려 뭔가를 만회하기 시작한다.

─── 요새 꽃게가 참 싸드라. 여기는 싼디, 서울은 모르것네.

알이 꽉꽉 들고. 아니, 알이 아니라 살. 살이 꽉꽉 찼드라.

엊그제 서천 가서 누나랑 매형이랑 꽃게 사다 끓여서 한 대접씩
먹구 갔어. 근데 요새 날씨는 볕이 반짝 나서 좋긴 좋은데 비가
안 와서 배추씨 뿌린 사람들 속 썩어, 아주. 물 아무리 호스로 쥐
봐야 그게 위에서 비 오는 거랑 같간? 저번에 보니까 대전이랑
공주는 지나가는 소나기처럼 조금씩이라도 오더만, 여긴 빗낱도
안 떨어져. 아주 흙이 푸실푸실 힘두 없어. 나는 배추씨 아직 안
뿌렸어. 올해 원래 배추는 안 하려고 했는디, 남들 다 뿌리는 거
보니까 그렇게 되간? 안 되지. 시내 나가서 씨를 사 오긴
사 왔는데 비가 와야 뿌리든지 말든지 하지.

이쯤에서 내가 심술을 부릴 것 같으면, 꽃게와 배추 얘기에는 아무
장단을 안 맞추고 다시 달리아 얘기를 꺼내면 된다.

─── 그래서, 지금 달리아밖에 없다고요?

이렇게, 뭔가 실망하는 투로. 하지만 나는 그러지 않고 엄마를 한층
고조시킬 다른 얘기를 꺼냈다.

─── 엄마, 아욱 이제 없던가? 다 끝났나?

끝나긴 뭐가 끝나, 지금이야말로 제철인 거 뻔히 알면서 묻는 거다.
엄마는 금방 목소리 톤이 하나 더 올라간다.

─── 아욱? 아욱이 왜 없어, 있지! 아들, 아욱국 끓여 자시게?

가을 아욱국은 문 닫고 먹는다잖어. 아욱 보내 주까? 딴건 뭐,
배추겉절이 좀 해 주래?

아들과 엄마는 누가 누가 더 착한가 경연 대회 참가 중. 아무렴 어떤가.
엄마에게 그러지, 누구에게 그럴까? 아들에게 그러지, 누구에게 그럴까?
──── 추석 때 일찍 갈게요.
──── 이번엔 마감이랑 안 겹쳐? 때에 밥 잘 챙겨 먹고 건강하게 있다가
　　　만나자.
엄마는 가끔 '~하자'라는 말투를 쓰는데, 그럴 때면 열 살짜리
여자애들이 교문에서 헤어지며 손을 흔드는 것 같다.
귀여운 어머니, 오늘 저녁은 뭐랑 드셨나요.

9
月
12
日

아까 낮에 오규원의 〔칸나〕라는 시를 읽었다.
칸나가 피는 7월에는 읽지 못했구나, 웃으며 읽었다.
여름은 이제 가장 먼 계절이 되었다.

다른 꽃보다 더 좋아한달 것도 없이 맨드라미를 좋아하지만 어쩐지 맨드라미를 좋아한다고 말할 때면 정말이냐고 스스로 되묻는 기분이 든다. 비탈의 들국화나 골짜기로 이어진 은방울꽃처럼 한눈에 '예뻐라' 그래지진 않으니 말하자면 맨드라미는 독자적인 세계를 구축한 꽃이려니 한다.

처음부터 맨드라미가 좋진 않았다. 오히려 미워하는 쪽이었는지도 모른다. 내가 스무 살이었을 때 스물여섯 살이던 야릇한 종진이 형은 쓰고 있는 시에 맨드라미가 나온다고 말해 주었다. 소녀의 초경을 맨드라미의 이미지에 겹치려 한다고 저녁에 형이 말했을 때, 나는 다만 께름칙해서,
———뭐야, 형은 너무 이상하잖아!
잘라 버리듯 했지만, 숙제처럼 그 이미지를 붙들게 되었음은 어쩔 수 없는 일이었다. 맨드라미는 점점 이상한 이름이 되어 갔다. 그런데 이상한 일이 벌어졌다. 무슨 오작동인지 "제일 좋아하는 꽃은 맨드라미"라고 말하는 버릇이 생긴 것이다. 남몰래 증오하다가 마침내 사랑에 빠져 버리는 경우? 어디서 많이 듣던 소리긴 한데.

231

맨드라미를 그린 김지원의 유화를 본 것은 서른 몇 살 때였다. 보자마자 그것에 매료되었다.
———아름답구나.
액자 앞에서 나는 확신에 차 있었다 붉거나 희거나 왕성하거나 쓰러졌거나, 세계의 맨드라미는, 맨드라미의 세계는 온통 맨드라미로 완성되었다.

지나치다 맨드라미를 대할 때면 어쩐지 동물 같다고도 느낀다. 꺾으면 피가 날 것 같아서 그걸 쉽사리 꺾지 못한다.

◇ painting | 김지원, 〔맨드라미〕 연작

저녁에 퇴근하려는데 엄마가

꽈리 가지를 하나 꺾어 왔다며 전화하셨다.

————니가 하라는 대로 아직 들 빨개졌을 때 꺾었지. 아드님 취향이

위낙 유별나서 빨갛게 다 익은 건 싫다매?

누나가 벽에 걸린 꽈리 사진을 보내 주었다.

밥 짓고 나물 무쳐 저녁을 잘 차려 먹어야겠다는 생각이 들었다.

대충 때우지 말고.

232

9
月
16
日

피나이더 [Pineider]
'City Style' 편지 봉투

여기에 쓰는 말은 연습이 필요하다. 삐끗하는 순간 모든 걸 망치고
말 테니. 공들여 번역하듯, 낱말 하나하나를 채치듯이 그런다. 어젯밤
쓴 편지가 오늘 아침에도 부끄럽지 않을 수 있기를, 세상에 그럴 수도
있기를 기도하면서 이것을 서랍 깊은 곳에 둔다. 한 장을 꺼내더라도
어렵게 꺼내고 싶어서지만, 그렇게 폼을 잡을 건 또 뭔가 싶어 결국엔 쓸
만큼 쓰거나 말거나 한다. 손으로 칠한 테두리 선, 필기체로 돈을새김된
'Pineider'라는 글자의 촉감, 그리고 '편지를 쓴다'는 말 속에 깃든 유순한
자기애. 한번은 조카에게 주는 용돈을 여기에 넣어서 줬는데, 어쩐지
더 예쁘게 웃는 것 같았다.

필립 로
아크릴 조각

세상 어딘가에 이런 게 놓여 있다는 생각만으로 머릿속이 씻기는데,
마침 묘한 우연도 있었다. 필립 로|Phillip Low|의 이 노란색 아크릴 조각을
본 엇비슷한 시기에 황벽나무에 대해 알게 되었는데,
황벽나무의 껍질을 한 꺼풀 벗기면 노란 속살이 드러난다는 것이었다.
기어이 황벽나무를 찾아낸 나는 끝내 그 껍질을 벗겨 노랑을 보았다.
———이건 진짜 노랑이잖아.
나는 잠시 착한 사람처럼 되었다.

집에 있는 물건을 물끄러미 보게 될 때가 있다. '이건 언제 산 거더라? 어떻게 저기에 놓이게 되었더라?' 그런 물건 중 하나가 바로 이 전화기다. 어쩌다 논산 집에 내려가면 전화기를 한번씩 들어 보는데, 새삼 놀라는 건 이게 이렇게 두꺼웠나 싶어서. 손아귀를 맘먹고 벌려야 겨우 잡히는 수화기라니, 실용성 따위는 신경도 안 쓴 '디자인을 위한 디자인'의 표상쯤 될까?

1985년에 큰누나와 함께 시내에 나가 이걸 골랐다. 삼성은 하이폰, 금성|LG|은 월드폰이라는 이름으로 버튼식 전화기를 내놓던 시절이었다. 그때 누나와 내 마음속엔 '반듯한 게 세련된 거'라는 생각이 어렴풋이 있었으니, 곡선이라곤 없는 이 전화기로 많은 소식이 드나들었다. 누나의 첫 발령, 나의 대학 합격, 조카의 탄생, 엄마의 저녁 메뉴……. 수화기를 들자 어서 뭘 누르라는 신호음이 쩌렁쩌렁하다. 오랜만에 '116'이라도 한번 눌러 볼까 하다가 수화기를 내려놓고 휴대폰으로 여기에 전화를 걸었다. 따르릉! 따르릉! 나 안 죽었거든! 따르릉!

파이로트의
아마부도 잉크

뚜껑을 열면, 여는 동안의 진동 때문인지 표면이 미세하게 떨고 있다.
그걸 보는 게 좋아서 뚜껑을 열곤 한다. 이걸로 글씨를 쓴 적은 없다.
티슈에 흠뻑 적신 뒤, 좋아하는 종이나 책 페이지에 쩍, 흩뿌릴 때는
있다. 그러면 기분이 마구 좋아진다. 일본 파이로트|Pilot|의

이로시즈쿠|iroshizuku| 잉크 시리즈 중 하나인 야마부도|yama-budo, 山葡萄|로,
산포도 즉 머루라는 뜻이다. 마침 머루가 익는 계절이다.

플라워 부티크
라 페트|La Fête|의
꽃과 모자

사진가로서 첫 클라이언트가 꽃집이라는 사실에 공연히 웃게 된다.
지난해 여름에 유리로 만든 꽃병 몇 개를 2시쯤의 햇빛에 놓고 셔터를
눌렀던 게 처음이었다. 길가의 강아지풀을 보든, 엄마의 정원을
떠올리든, 회사 앞 꽃집에서 오늘은 어떤 꽃이 눈에 들어올까 호기심을
갖든, 꽃을 찍으면서 꽃을 보는 마음이 달라지는 건 다만 어쩔 수 없는
일이었다. '꽃은 다 예뻐', 그리 생각하지는 않는다. '꽃을 좋아해', 이건
내 얘기가 맞다. 여느 눈앞에 두고 싶은 것들이 그렇듯 더 보고자, 더

정확히 보고자 진지한 사람처럼 되는 시간이 좀 더 자연스러워졌달까?

작년 여름으로부터 1년쯤 지난 뒤, 이번엔 펠트와 진주, 밀짚과 레이스,
보드라운 털 방울과 빛나는 금속이 어우러진 모자를 역시 2시쯤의
햇빛에서 찍었다. '1년이 그렇게도 갔구나', 새삼 예쁜 생각이랍시고
그러기도 한다. 짙은 쪽빛 펠트에 진주가 방울방울 달린 모자를
큰누나에게 선물하기로 마음을 먹었다.

9
月
23
日

안동 녹전면에서
해맞이사과 작목반 이완기 대표에게
전화를 걸자 냉큼 트로트가 뛰쳐나왔다.
그가 일출암 쪽으로 오는 길을 설명했다.
————걸로 오다 보면 티|T| 자형 도로가 있니더.
　　　거 밑으로 내가 갈티께 기다리소.
티 자형 도로를 지나 그를 기다렸다.
트럭이 한 대 산 쪽에서 내려왔다.
————흔들리니데이. 꽉 잡으이소.
트럭은 끈을 잡아당기듯이 다시 산길을 올라갔다.

과연 사과나무엔 다른 게 아니라
사과가 매달려 있었다.
————이건 뭐예요?
————후지요.
————이건요?

245

————그건 홍로, 이건 홍장군, 그건 나도 몰라.
땄더니 20킬로가 넘었다.
여기서 보면 저 청량산이 얼추 내려다보이지 않느냐며, 여기가 그렇게
높다고 이완기 씨는 허리를 펴며 말했다. 사과도 높은 곳에서 왔을까?

————사과 다 따고 겨울에 또 오시면 술 한잔도 하고.
이완기 씨는 사투리를 쓰지 않고 이렇게도 말했다.
그래, '술 한잔'이라는 말이 있지.
안동에서 온 홍장군 하나를 셔츠로 감싸 닦으며
서울에서 이만 줄인다.

편견

한식, 중식, 일식, 양식, 따질 것도 없이, 어떤 식당 음식 맛이
정갈하다느니 담백하다느니 하면 대번 내키질 않는다. 그런 말은 '진짜
맛있다'와는 전혀 상관이 없어 보일뿐더러, 실은 '깔끔 떤다'에 불과해
보인다. 손 큰 요리사가 재료 푹푹 써서 만든 음식을 유난히 좋아하기
때문이겠지만, 호박 하나를 반만 요리하고 반은 남기는 꼴은
영 마뜩잖다.

습관

엄마는 된장찌개에 호박을 넣을 때 칼을 쓰지 않는다. 왼손엔 호박을,
오른손엔 숟가락을 짧게 쥐고 툭툭, 호박을 떠내듯 해서 보글대는 냄비로
떨어뜨린다. 나는 그걸 좋아했고, 늘 따라 하고 있다. 아욱국 간은 소금
말고 조개젓으로.

이해

가끔 생각나는 앤초비|anchovy|파스타가 있는데, 먹으면서 앤초비를 느껴
본 적은 없다. 친구는 추리하길, 한 라면 회사에서 앤초비 맛 라면을
개발하려다 중단했는데, 그 분말수프 샘플을 매수해서 쓰는 걸 거라고
했다. 말하자면 그 앤초비파스타는 '앤초비 볶음라면' 같았다.
한번은 처음 만난 사람과 그 집에 갔다.
———드셔 보세요.

그는 모험을 즐기듯 국수 가락을 휘감았다.

———무슨 말인지 알겠어요. 그런데 맛있네요.

맞다. '그런데 맛있다'는 게 핵심이다. 약을 타든 미원을 붓든 의도적으로
쓴 건지는 결국 맛으로 나온다. 의도와 노력이 있다면, 입맛에 맞지
않더라도 맛으로 이해할 수 있다. 이해할 수 없는 건, 도대체 이걸 여기에
왜 넣었는지 모르겠는 경우다. 콩국수 위에 올라온 깜찍한 방울토마토야,
갑자기 네 얘기 해서 미안해.

9
月
25
日

매월 말일은。

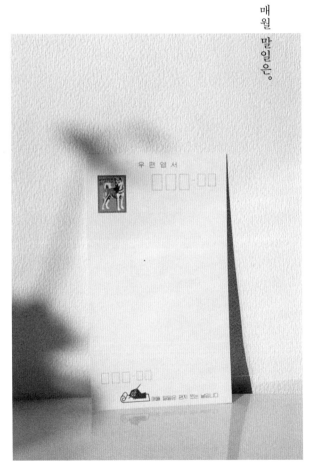

▷ song ㅣ 송재호, 〔늦지 않았음을〕, 1991

코스모스。 우주。

9
月
28
日

해바라기. 태양계.

9
月
30
日

벼。 지구。 모두 논산。

집에서 보내는 토요일이 늘었다. 때마침
──집이 최고다.
길가의 풀처럼 주위에 그런 말이 수북했다.
'아니지. 꼭 그렇지는 않지', 고개를 저으면서도 실은 그 말에 안심하곤
했다는 걸 말해 두어야겠다. 나는 당신의 피로에, 당신의 낮아진
목소리에, 당신의 술을 덜 마시는 습관에, 당신의 나를 향한 몸과 마음이
여기저기 둥글다는 감촉에 안심했다.

창밖으로 이불을 털었다.
컵을 씻고 돌을 닦고
수건을 삶고
창밖의 아이들이 무엇 때문에 떠드는지 귀를 기울이고
그러고도 시간이 남아서 몬스테라에 철사를 감고 놀았다.

사랑하지 않는 날이었다.

252

2015년 10월 호 이탈리아 〔보그|Vogue|〕 표지에 그만 멈칫하고 말았다.

스물 몇 살쯤에 이탈리아에 살았던 내 친구 허유는 그때 장미가 있는
창가에서 사진을 찍었다.
장미는 노랑과 빨강이었고,
더블 데크는 더블 데크였다.
모든 게 분명했다.
스스로만 몰랐다.
―――네 얼굴을 봐라. 아무것도 모르는 게 분명하잖니?
전화를 끊고 나는 스스로 한 번도 매치해 보지 않았던 단어를 생각하기
시작했다.

'YOUTH'.

▷ song | Debbie Gibson, 〔Goodbye〕, 1993

한강에서 불꽃놀이를 보다가, 조연호의 시 〔열매를 꿈꾸며〕를 읽고
싶어졌다. 읽을 때마다 모르는 시다. ₂₅₇

□ poem ⏐ 조연호, 〔열매를 꿈꾸며〕, 1994

10
月
4
日

때아닌 아네모네|anemone|를 들여다보다가 옛일이 떠올랐다. 방바닥에 엎드린 누나가 빨간색 크레파스로 모닥불을 그리는 걸 보고 "그게 아니지!" 하며 노란색 크레파스를 꺼내 주던 나. 이것이 나의 색약에 대한 첫 번째 기억이다. 그때도 지금도 나는 불을 빨갛다고 인지하지 않는다. 모닥불을 비롯한 세상의 모든 불이 나는 노랗다. 아, 가스 불은 다르다. 그건 파랗다고 해 두자. 곧 단풍이 들겠지. 잘 모르는 일이 붉게도 일어나겠지. 비웃듯이 기돈 크레머|Gidon Kremer|의 연주를 듣는다. 그걸 빨갛다고 느끼는 건 매우 간단한 일이다.

▷ record | **Gidon Kremer & Kremerata Baltica, 〔Eight Seasons〕, 2000**

10
月
5
日

크리스티앙 토투(Christian Tortu)의
푸른 유리 꽃병

본명은 '청미래덩굴'이라지만 나는 어머니가 부르던 대로 이걸
'멍가넝쿨'이라 부른다. 꽃 시장에서도 그 말을 더 알아듣는다. 언젠가
아버지가 자전거 뒷자리에 이걸 두어 가지 싣고 온 날이 있었다.
어머니는 그걸 받아서 거울 위에 걸쳐 놓으셨다. '먹는 게 아니구나.
저걸 먹는 건 어떤 새들뿐일 거야', 나는 말하지 않고 믿어 버렸다.

오늘, 새처럼 반갑게 멍가넝쿨을 만나 유리병에 넣었다. 팽이 모양의
이 꽃병은 손가락으로 밀면 뱅그르르 제자리를 도는데, 멍가넝쿨을 넣어
돌리니 마치 온갖 행성의 궤도 같았다.

달리아는 오래 핀다. 하나가 지기 전에 다른 하나가
피기를 한 그루에서도 제법 오래 한다.
하지만 한번 자른 달리아는 금세 시들해지고 만다.
머리를 숙이고, 가지런한 꽃잎의 정렬을 스스로 비튼다.

262

시들해진 달리아 머리를 떼어 다른 가지에 붙여 보았다. 하나는 마른 버들에, 하나는 멍가넝쿨에. 나는 여전히 달리아를 본다. 오히려 더욱 분명해진 달리아를 본다.

변한다. 변하지 않는다. 그건 같은 말이다.
사랑한다, 사랑하지 않는다가 그렇듯이.
'사랑이 어떻게 변하니?'는 웃자고 하는 말이겠지.

10
月
11
日

이토 자쿠추의
그림엽서

'교토에서 검은 택시를 타고 싶은 날'이라고
오늘의 날씨를 한번 묘사해 본다.

18세기 사람 중에 이토 자쿠추|伊藤若冲|라는 화가가 있다. 가을에
교토를 걷다가 운소도|芸艸堂|라는 고졸|古拙|한 가게에서 이토 자쿠추의
그림엽서를 보았다.

하지만 이 엽서를 쓰는 것은 주저하였다. 영 종이 같지가 않아서.
차라리 잠자리의 몸이라면 모를까. 광물 같은 눈, 바스락거리는 날개,
물렁한 꼬리, 앙칼진 입, 엉킬 듯한 다리. 살아 있는 것과 이미 죽어 버린
것을 혼동하고 싶어졌다.

신랄한 블랙.
교토의 색.

교토 난젠지[南禪寺] 삼문 앞에서 생각을 바꾸었다. 이미 바뀌어 있던
생각이 여기서 찾아진 것인지도 모른다. 문은 담대하였다. 버티고 섰거나
거느리며 부리지 않고 서서히 차오르듯이 있는 문을, 나는 발뒤꿈치를
들면서 바라보았다.

엄연한 분리, 경건한 고독, 홀연한 적막감.
생각을 바꾸었다.

교토대학교 정문에서 한갓지게 떨어진 골목길에 정원 건축가 시게모리 미레이|重森三玲|가 살았던 집이 있는데, 12월 볕이 맑은 오후에 그 집에 갔다. 삼나무 이끼, 곱게 빗질한 흰 자갈, 푸르른 바위, 처음부터 거기에 살았던 것 같은 나무들. 그 후 시게모리 선생이 설계한 정원을 관상하는 일은 교토에서의 일과가 되었다. 마쓰오타이샤|松尾大社| 신사에서, 도후쿠지|東福寺|에서, 간사이|関西|공항으로 가는 길에 있는 기시와다|岸和田| 성에서……. 교토는 점점 퍼져 나갔다. 그러니까 물결처럼.

여름에 피렌체 근교 판자노|Panzano|라는 곳에 갔더니, 올리브밭이
언덕과 언덕을 모두 차지하고 있었다. '올리브'라는 말을 어떻게든 갖고
싶었던 나는 하는 수 없이 올리브잎을 땄다. 주머니가 금세 불룩해졌다.
2009년에 노트에 담아 놓은 올리브잎은 여전히 올리브잎이다. 달라는
친구들에게 선뜻 주는 올리브잎이다. 줄 때는 적당히 두꺼운 종이에
붙이고 밑에다 멋을 부려 이렇게 쓰기도 한다.

'2009년, 판자노'.

10
月
16
日

성북동 간송미술관에서 가을 전시를 보고 나오면 으레 뒤뜰의
파초|芭蕉|에게 다가갔는데, 봄에는 왜 그러지 않았는지 새삼 모를 일이다.
지금도 파초가 거기에 우두커니 그대로 있을 거라는 생각이 든다.

270

취암동에 취암리슈빌이 들어서고 나서 계룡산이 보이지 않는다. 온통
논이었던 곳에는 얼기설기 체크무늬로 도로가 생겼고, 이웃의 형들과
누나들은 더 이상 동네에 살지 않는다. 수리조합 똘|도랑|이 복개되면서
둑을 따라 관촉사 은진미륵으로 향하던 학교들의 소풍 행렬은 진작
사라졌다. 아예 소풍이란 걸 가지 않는지도 모른다. 흰 오리도, 철어|끄리|
떼도, 25년을 살았던 검정 기와집도 없다. 어머닌 헐린 집터에 생강을
심었다. 수수도 내년 봄에 떡고물 할 만큼은 거기서 자란다. 논산시
빈영로 17번길. 한때는 논산군 논산읍 취암 2동 384번지였던 곳. 나의
고향. 취암리슈빌이 들어서기 전에는 거기서 계룡산이 보였다.

계룡산 너머 '새미래'라는 곳이 고향인 윤택수의 시 〔세 가지 소원〕은
이렇게 시작한다.

> 내 고장의 것들을
> 상속받은 기술과 상상력으로써
> 내가 사용할 것으로
> 만드는 것이다

논산에 있으면 이 시가 생각나곤 했다. 시인 역시 아직 이루지 못했기에
'소원'이라 썼을 테지만, 과연 아름다운 소원이 아닌가 한다. 나에게도
소원이 있다. 그것은 부디 논의 감각을 잃지 않는 것. 나는 논둑을 어떻게
걷는지 안다. 모를 내기 전 갈이엎은 논에서 어떤 풀이 자라는지, 모를
내고 나서는 어떤 바람이 부는지, 그 바람이 벼 포기 사이로 어떻게
지나가는지, 물꼬를 튼 곳에 물고기가 어떤 모양으로 모여 있는지,
이삭이 팰 때쯤 비가 오지 않는 날씨가 왜 어울리는지, 벼를 벤 논을
태우면 어떤 냄새가 나는지, 그 냄새가 얼마큼 멀리까지 퍼지는지…….
내 소원은 내 고향의 것들을 내내 간직한 경험과 상상력으로써
죽는 날까지 내가 디딜 것으로 만드는 것이다.

□ book | 윤택수, 〔새를 쏘러 숲에 들다〕, 2003

271

10 月 20 日

제주에서 사흘 밤을 잔다.
제주에는 노란색 털머위꽃이 한창이다.
어쩌다 다가가면 개미들이 병정처럼 기어 나와
영향력을 행세하는 바람에 막상 그걸 만지지는 못했다.

제주 조천읍에 선흘이라는 곳이 있고
선흘에 가면 선흘분교가 있는데
나는 운동장에 앉아
'여기는 언제부터 이랬을까',
그런 질문을 만든다.

살고 싶다는 생각.
하지만 살 수는 없을 거라는 생각.
제주도에 가면 말이다.

귤밭에 귤이 또한 한창이었다.
보름 후면 노지 귤이 나온다고,
남원읍 김계림 농부가 전화기 저쪽에서 말해 주었다.

이맘때를 기다려 단풍나무 한 가지를 꺾어 온다.
이맘때라 하면 아직은 단풍잎이 물들지 않은 때,
그래서 빛이 닿으면 잎이 말갛게도 보이는 때.

스피츠|Spitz|의 〔楓|단풍나무|〕 전주가 어떻게 시작하는 거였지?
오랜만에 들어 보고도 싶은 때.

▷ song ㅣ Spitz, 〔楓〕, 1998

올 사람을 6시에 오라 해 놓고, '6시면 날이 너무 밝으려나? 7시로
미룰까' 궁리하다가, 엊그제 김포공항으로 7시 반 비행기를 타러 갈 때
창밖으로 갑자기 어두워졌던 한강이 떠올라 '6시면 충분히 어둡겠군',
궁리하길 멈추었다. 5시 19분. 기우는 해가 보령제약 건물에 완전히
가려지기 전, 그러니까 한 1분쯤, 신발장 위에 놓인 잡동사니들이 온전히
빛에 잠기는 시간이 있다. 어느 날 그 장면을 보고 이 방의 비밀을 안
것처럼 몰래 기뻐했는데, 심지어는 그걸 봤다는 사실을 이 방이 모르도록
하고 싶다는 생각에 표정을 싹둑 거두기도 했다. 한마디로 '놀고 있는'
건데, 집에서 혼자서, 놀지 그럼 뭘 하나. 창을 등지고 신발장 위를 본다.
조금씩 조금씩 그러다 이윽고 한가득 빛의 사우나가 펼쳐진다.
——— 오는데 골목에 이게 보여서 꺾어 왔어요.
올 사람과 함께 밤도 왔다.

▷ song ǀ SWV, 〔All Night Long〕, 1995

278

담장 밖 국화 더미.
자기들이 무슨 철저한 폐허나 될 거라고.
몽땅 낫으로 베어다 돼지 밥이나 줄까 보다.

서리가 내려, 그것이 국화에게도 내려
어쩐지 모든 게 끝났다는 생각이 들 때,
돼지같이 많이 먹고 힘내야지,
배가 터지도록 긍정적인 하루가 시작되고 있었다.

바카라
아르쿠르 와인 잔

10월도 다 끝나갈 무렵, 프랑스 부르고뉴|Bourgogne| 지방의
와이너리|winery|를 몇 군데 방문하게 됐다. 포도는 이미 수확이 다 끝난
후, 아침이면 남은 포도알을 탐내는 새들이 공중으로 무리를 이뤘다.
샹볼뮈지니, 뫼르소, 몽라셰, 주브레 샹베르탱, 로마네콩티*……
흘러내리는 듯한 이름을 중얼거리며 취하지 않고도 취한 사람처럼
그곳을 다녔다. 실은 서울에서부터 티슈로 겹겹이 싸 간 물건이 있었다.
나는 겉멋의 화신이니까 싸면서 일말의 민망함 따위 없었다. 그건
바카라|Baccarat|의 아르쿠르|harcourt| 와인 잔이었다. 부르고뉴에서
이 잔에 와인을 마시겠노라는 순진한 기쁨!

하지만 막상 일행과 함께 다니면서 잔을 꺼내지는 못했다. 겉멋의 화신인
동시에 방구석의 대갈장군인 나는 그걸 호텔 방에서만 남몰래 꺼냈다.
손에 쥐는 순간 건축적인 위용을 과시하는, 육각 받침으로부터 우뚝
솟은 기둥을 지나 마침내 압도하듯이 벌어진 볼에 이르기까지 한 번도
머뭇거리지 않는 잔. 게다가 손아귀에 들어온다 할지라도 결코 복종하지
않는 긴장감. 입술을 대어야만 비로소 열리는 기이한 지조.
────무거운데 계속 들고 있고 싶네.
열일곱 살 조카는 거기에 자몽 주스를 따라 마시며 이렇게 말했다.

서울로 돌아와 가방을 풀다가 잔을 호텔에 두고 왔다는 걸 알았다.
그때의 기분을 어떻게 말할 수 있을까. 숫자를 많이 눌러 전화를 걸면,
젠틀한 매니저가 잔은 보관되어 있으니 걱정 말라며 부쳐 줄까 묻겠지만,
나는 찾지 않기로 했다. 그게 거기에 남아 있다는, 남아 있을 거라는
사실이 좋았으니, 겉멋이라면 그렇게도 부리는 것이라서.

281

---

* 부르고뉴 지방에서 생산되는 와인의 종류. 차례로 Chambolle-Musigny, Meursault,
  Montrachet, Gevrey-Chambertin, Romanée-Conti.

282

부르고뉴에서의 마지막 일정은 메종 루 뒤몽|Maison Lou Dumont|
방문이었다. 일본 남자와 한국 여자가 프랑스에서 만드는 와인. 그
유명한 만화 『신의 물방울』에 소개된 뒤 갑자기 한국에서도 동나 버린
뫼르소 2003년산을 만든 곳.

———나는 그 와인 별로 안 좋다고 생각했거든요.
루 뒤몽의 박재화 대표는 고향이 거제도다. 부르고뉴 한복판에서 경상도
사투리를 들으니, 물인지 술인지 꿀꺽꿀꺽 와인이 절로 넘어갔다.
　　　———나중에 그 작가들한테 2003년 뫼르소는 좀 부족한 와인 아니냐고
　　　　　　물었더니, 자기들은 그 부족함에서 매력을 느꼈다고 합디다.
　　　　　　그래도 제가 보기엔 2007년산이 더 맛있습니다. 안 그래요?
그렇다고 끄덕이는 나는 벌써 취했다. 이미 여섯 잔째. 지하 창고에서
아직 숙성 중인, 덜 익은 것들을 스포이트로 뽑아 마시면서 '이건 호두
냄새가 나고, 이건 소시지 반찬이랑 점심시간에 먹고 싶고, 이건 겨울에
눈 쓸고 나서 마시고 싶고……', 한국말로 한껏 감상을 말할 수 있게 되자
비로소 와인의 천국에 온 듯했다.

한 달 뒤, 뫼르소 2007년산을 들고 논산 집에 갔다. 김장하는 날이었다.
엄마와 누나와 나는 절인 배춧속을 안주 삼아 그걸 대접에 따라 마셨다.
———목도 따뜻하고 속도 따뜻하다.
한 사발 들이켠 엄마가 말했다. 겨울 햇살이 거실로 마구 들어오고
있었다. 다음에 김장을 하면, 부르고뉴로 김치를 보내야겠다는 생각이
이제야 든다.

이 길을 더 일찍 지났어야 했다.
밤새 치통에 시달린 친구는
아침에도 개지 않는 통증을 옆자리에서 욕으로 풀고 있었다.
대구에서 출발이 늦었다.
창녕 지나 진주 가는 길은 시계|市界|가 짧은 구역을 지나는지
금방금방 도시 이름이 바뀌었다.
진주는 두 번째였다.

나는 어느새 치통이 다 나아서 뭐든 먹어 치우려는 방귀쟁이와
천황식당에 갔다.
문과 의자, 탁자, 탁자의 배치, 마당, 마루, 보리차, 명함,
대국|大菊|을 심은 화분.
여긴 내기 좋아하는 집이 맛구나.

나의 편애란 이렇게도 완강한 것이라서
대국을 심어, 끝내 튼튼한 대국을 피워 낸 집이라면
모든 걸 믿고 만다.

다음 날 우리는 다른 식당에 가지 않고 또 그 식당에 갔다.
이번엔 아예 시화전을 끝낸 무리처럼
방을 차지하고 들어앉아 담배 연기에 안심하며
불고기를 한 접시 다 먹고 또 한 접시를 시켰다.

그 방이 참 좋았다.

마루는 맑고
그 너머로 장독과 대국이 있었다.

돌아온 서울의 방은 여러 가지가 그대로 있었지만
미처 냉장고에 넣지 못한 고추 몇 개가 조금 말라서는
나 없는 하루를 증명하고 있었다.
말라서는, 바보들.

어젯밤 진주터미널 앞을 지나는데
어묵이 펄펄 끓는 냄비 앞에서 택시 기사가 팔을 잡았다.
―――마산?
나는 아닌 밤중에 어묵을 몇 개나 먹으며
'마산에 갈까?'
매우 새로운 고민을 했었다.

라일락이다.
요즘 라일락은 이렇다.

이건 아까시.

한 달 전 10월에 아까시가 이랬을 때.

11
月
2
日

시를 읽으면 시를 썼다.

유리병을 보면 꽃을 사고
돌을 주우면 더 걸어도 되었다.
10월까지는 얼추 그게 그렇게 되었다.

하지만 11월이 되면 잘 되지 않는다.
나는 11월이 싫었다.|하필 11월이 제일 좋다는 멋쟁이들은 왜 그리 많던지.|

자, 지금부터 숨을 참을 테니
누구든 어서 숫자를 마저 세어 모든 걸 끝내길.
내 마음 별과 같이 그러했다.

291

영화 〔멜랑콜리아|Melancholia|〕에 흐르던 바그너를
파멸의 찬가이자 구원의 송가로 아는
나는 요점을 추려 빽 소리도 질렀다.
———왜 다들 죽어 가고 지랄이야! 그냥 콱 끝내고 말든가!
친구는 크크 웃었다.

창경궁 산사나무가 아름다울 계절이다.

◇ movie | **Lars von Trier**|라스 폰 트리에|, 〔Melancholia〕, 2011

'강화나 임진각, 아무 데나 가리', 길을 나선 참
율곡로 인도엔 낙엽이 수북했다.

광화문까진 더뎠고 그 후론 괜찮았다.
연대 지나 연희동쯤 가다가
가긴 어딜 가,
북가좌동에서 차를 휙 돌렸다.

처음 보는 동네였다.
'넝쿨', '약속', '촛불', '기다림', '유혹', 그런 간판이 있는 문짝 하나짜리,
되나 싶은 술집들.

친구와 저녁을 먹으며 괜스레 미안한 마음이 들었다.
우리는 참 오래 친구구나.
우리는 오랜만에 차를 마시기도 했다.
그리고 이맘때의 플라타너스가 정말 싫다는 데 전격 합의를 봤다.

11
月
11
日

베넷 밀러|Bennett Miller| 감독의 영화 〔카포티|Capote|〕를 여러 번 본다.
베넷 밀러를 좋아할지 결정하려 그러는 건데
아직 결정은 못 했다.

트루먼 카포티|Truman Capote|가 논픽션 〚인 콜드 블러드|In Cold Blood,
1966|〛를 쓰게 되는 실화를 바탕으로 한 그 영화에서 유난히 좋아하는
장면이 있다.

카포티가 살인 용의자 딕 히콕에게 사진가 리처드 아베돈|Richard Avedon|을
소개하며 말한다.|아베돈의 애칭이 '딕'이다. 그러니 딕에게 딕을 소개하는 꼴.|
————Dick is very famous fashion photographer. World famous.

어쩐지 내겐 이 장면이 '20세기'라는 말로 통역되었다.

아베돈이 그 사진을 찍은 것은 1960년 4월.
내가 처음 아베돈의 사진집을 산 것은 2002년 4월.

트루먼 카포티, 리처드 아베돈, 딕 히콕 그리고 베넷 밀러.
나는 그 사이를 정리하지 않는다.
그럴 수 있다면, 머물고 싶다고,
아베돈의 사진집을 넘기며 나는
나를 20세기 사람이리고 규정한다.

◇ movie | **Bennett Miller, 〔Capote〕, 2005**

□ book | **Mary Panzer 외, 〔Avedon: Murals and Portraits〕, 2012**

회장저고리 고름을 정돈하는 김용림에게 뜰에서 꺾은 모란을.

칠흑 같은 베일을 드리운 정영숙에게 보랏빛 젖은 장미를.

무거운 귀걸이를 침대로 던져 놓는 한고은에게 조명보다 붉은 백합을.

고개 돌려 헬멧을 쓰는 김옥빈에게 길옆으로 돋아난 강아지풀을.

조각상 밑에서 담배를 꺼내는 김혜자에게 갖고 있던 솔방울을.

선풍기 앞에서 포도를 먹는 이영애에게 아무렇지도 않은 에델바이스를.

일요일 저녁 외출했다 돌아오는, 바지를 입은 박정자에게

전부터 꼭 드리고 싶었던 아네모네를.

[GQ Korea] 2005년 4월 호,
사진가는 김지양

11
月
16
日

예전엔 기억했던 날짜다.

지금은 그것만 기억이 난다.

편리한 삶이다.

11
月
17
日

처음 방으로 들인 이에게
커피를 주려는데
마땅한 잔이 보이질 않아
여기에 주게 됐다.
생각지도 못한 연애가
시작되었다.

스노 피크|Snow Peak|
티타늄 컵

살아 보니 알겠다.
삶에는 반드시 실크가 필요하다.

짐 톰슨(Jim Thompson)
실크 쿠션 커버

윤니동 '식물의 취향'
단풍과 아스파라거스 화분

나의 작은 단풍나무는
지지 않고 해를 넘기려는가.
해를 넘긴다는 말이
자연스러운 요즘.
세탁된 셔츠가 있어 간신히
버틴다고 어딘가에 엄살을
부리고도 싶다.

서귀포 여미지식물원에 있는 네모난 온풍기를 보면서
생각을 했다.
'이게 여기 있어서 참 예쁘다', 뭐 그런 생각.

11
月
29
日

빛
들.

11
月
29
日

빛
들.

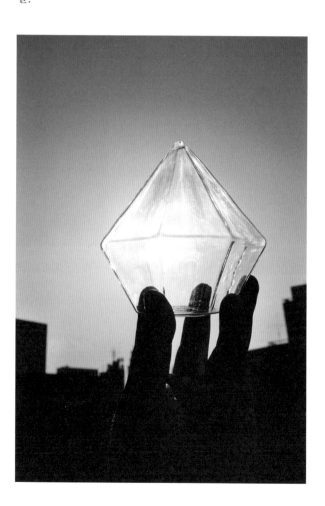

304

11
月
30
日

인스타그램에 댓글이 달렸다.

———꽃은 언제 어디서나 예쁘죠.

어쩐지 나는 반발하려는 마음이 들었다.

———아뇨, 그렇지 않죠. 세상의 모든 것이 그렇듯이
꽃 역시 어느 때에만 따로 예쁠 수 있죠.
세상에서 제일 안 예쁜 게 꽃일 수도 있을 거예요.
뭐 하나 만들어 놓고 '수제'만 붙이면 갑자기 정성스러운 것이 되고
뭐 하나 꺼내 놓고 '북유럽'만 붙이면
전생에도 없던 감성이 생기는,
유난히도 그렇게 귀신같이 몰려다니는 이곳에서
의심은 불가피합니다.
'이것이 예쁜가? 어떻게, 왜 달리 예쁜가?'
의심하지 않은 말은 칭찬이 아니라 공해입니다.

댓글을 더하는 대신 사진을 지운다.
당연히 꽃을 버릴 때도 있는 것이다.

2
月
25
日

2
月
1
日

1
月
11
日

1
月
15
日

12
月
5
日

2
月
1
日

12
月
29
日

1
月
16
日

겨울

그는 눈을 뭉쳐서 베어먹었다
야구부원들이 타원형의 궤도를 따라 구보하고 있었다
그들의 어깨에서는 훈김이 피어 올랐다
저 집이 우리 집이었어

—윤택수, 〔박물지 17〕 중

12
月
3
日

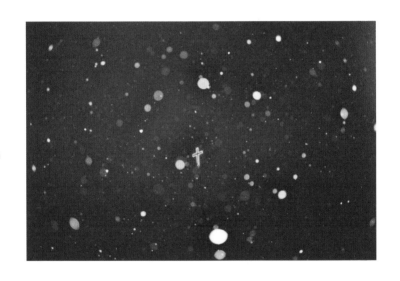

눈이 오기에 그걸 보다가 편의점에 갔다.
한국어 교재를 펼치고 있던 중국인 남자애가 거스름돈을
주다 말고 머리가 젖은 나를 힐끗 보았다.
그 상황이 마치 연극 같았다.
올해는 첫눈이 밤에 왔다.

12
月
4
日

눈은 내린다.
눈은 오고,
눈은 날리고,
눈은 쌓인다.
눈은 내려온다.

몇몇 해 4층에서 그걸 다 알아챘다.

시장에서 안개꽃을 살까 하다 그만두었다.
안개꽃과 눈은 아무런 상관이 없다는 생각이 들었다.
그렇게도 다를 수 있다니 신기할 뿐이라는 생각이 마저 들었다.
안개꽃을 눈꽃이 아니라 안개꽃이라 이름 붙인 이에게
고마운 마음이 든다.

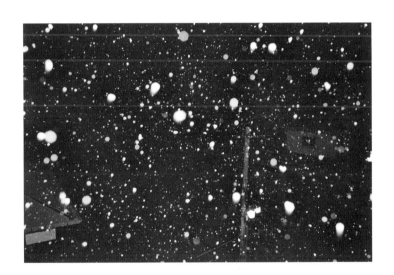

313

"'눈'이 오면 산에 들에 진달래 피네……"

남산 소월길을 지나는데 노래가 이렇게 나왔다.
밤에 눈이 또 왔다.

▷ song ┃ 가곡 〔봄이 오면〕

모스크바|Moscow| 지하철역에서
아름다운 샹들리에를 많이 보았지만,
여전히 모스크바를 알지 못한다.
언제까지나 들뜨는 일이다.

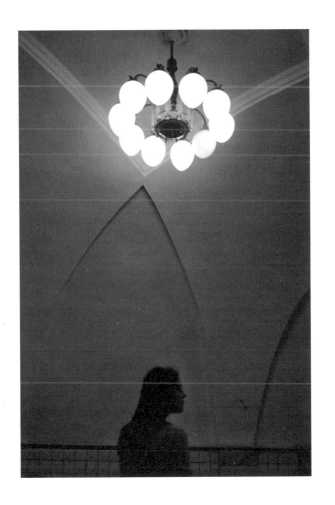

구례군 홍순영 농부의
곶감

여수까지는 비행기,
구례까지는 렌터카.

너의 1년,
나의 곶감.

하동 평사리 들판이 내려다보이는 아미산 언저리에
노거수│老巨樹│가 하나 있다. 보기에 좋았던지 사람들은
오래전부터 문암정│文巖亭│이라는 정자를 그 곁에 지어
놓았다. 신을 벗어 가지런히 둔 후에야 발을 디딜 수 있는
알맞은 품격을 갖춘 곳이었으니, 거기서 내려다본 들판은
누구누구네 부동산이 아니라, 고스란히 '이 땅'이라는 말로
모여들었다. 나는 그곳에 속해 있었다.

12
月
12
日

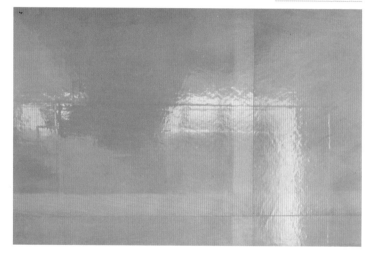

이불을 갠
드문 아침이다.

나서려다 다시 베개를 던져 놓고
등을 지지며 책을 펼친다.

그만 일어나 점심 먹으라고,
김치 넣고 국수를 삶았다고
누나가 문밖에서 소리친다.

돌,
강의 쉼표.

단양에서 돌을 주웠다.
겨울에 주운 돌은 차기가 고드름 같다.

12

月

16

日

오늘도 자정을 넘겼군. 피곤하단 소리를 입에 달고 살지만 눕지 않고
서성이는 밤이 더 많다는 것은……. 밥을 안치나, 선반이라도 한번 닦나,
박스에서 해묵은 편지를 꺼내 볼까, 그러다 어떤 밤엔 주섬주섬 걸치고
나가 택시를 잡는다.

────강남고속버스터미널, 부탁합니다.

거기에 꽃 시장이 열린다. 밤에 열고 낮에 닫는 그곳에서 겨울이면
노랑이 반갑고, 여름이면 흰색이 좋았다. 그리고 항상 녹색을 찾았다.
나뭇가지며 잎이며 넝쿨 같은 소재를 취급하는 가게가 몇몇 있는데
'소재일번지'는 그야말로 없는 것 빼고 다 있는 곳이다. 기괴하게
구부러진 석화버들, 붉게 영근 산사나무 열매, 검게 말라 가는 연밥,
알알이 실한 팔손이나무, 늙어 굽은 포도나무 그루터기……. 그러다 이
나무토막을 보았다. 보이는 그대로 자작나무였지만, 나는 굳이 물었다.

────이게 뭐죠?

대답은 역시 '자작나무'일 뿐, 딱히 용도도 없었다. 지름은 한 10센티미터
될까? 길이는 한 20센티미터쯤. 가격은 5천 원. 나는 이걸 여러 번, 여러
개 사서 아무 데나 놓고 쳐다보았다. 눈길이 머물면 차분해지고, 손길이
닿으면 손바닥으로 '나무'가 왔다. 오늘도 자정을 넘겼군. 하지만 괜찮을
거야. 평화라면 평화려니 나무를 만져 본다.

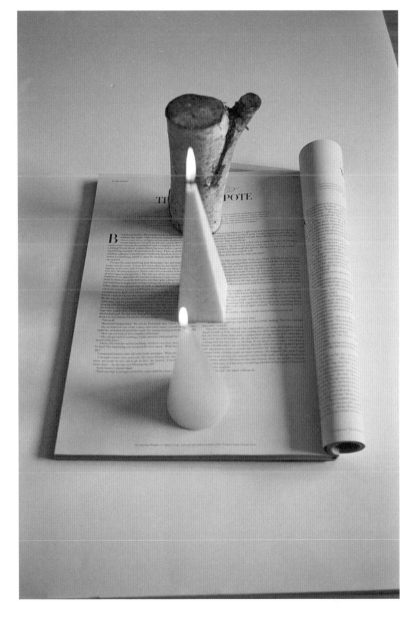

12
月
20
日

벽으로 서쪽 빛이 들기 시작했다.
이제는 모른 체할 수 있는 정도가 아니다.

도예가 유태근 선생이 만든 건
차 사발이거나 접시거나 둥글둥글하니
대체로 맞춤한 형태를 갖춘 것이지만, 어쩌면
풍경으로부터 얻은 결정|結晶|이라 여기고도 싶다.
예를 들어 그가 2007년에 처음 만든 잔설문|殘雪紋| 차 사발은
늦겨울 바위에 남은 눈을 보면서 생각에 생각을 포갠 결과다.
선반에 점잖게 두었다가,
생각난 듯 눈 쌓인 날 꺼낼 수 있다면.

고요할 수 있다면.
겨울 산에서 겨울 산 바깥을 내다볼 때처럼.

코스타 보다(Kosta Boda)의
1960년대 재떨이

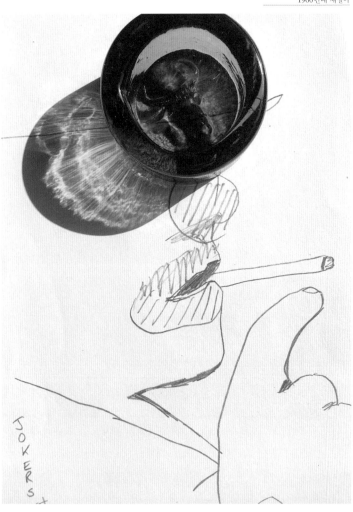

묵직하다. 둥그렇다. 속으로 빛난다.
스웨덴 사람 에릭 회그룬드|Erik Höglund|가 손을 대면
유리가 그렇게 되곤 했다.

탁자에 놓인 감자, 머리맡의 조약돌. 숫제 덩어리들.
이걸 떨어뜨린다면 깨지지 않고 멍이 들겠지.

담배를 피우지 않으니 쓸모라고는 없을 텐데 나는 어쩔 줄 모르고
이 재떨이를 손에서 내려놓지 못했다. 점원이 그런 나를 보며
꼬마전구처럼 미소 지었다. 교토에서, 크리스마스 이틀 전에.

□ book | **Collier Schorr, 〔Jens. F〕, 2005**

▷ song | 이상은, 〔내가 꿈꾸는 크리스마스〕, **1989**

프레데릭 말|Frederic Malle|의 향수
윈 로즈|Une Rose|

330

어깨를 맞대고 좁게 앉은 술집에서 유리문 열리는 소리와 함께 한기가
뭉텅 실내로 들어왔다. 남자가 뒷자리에 앉을 때, 불현듯 이 냄새가
왔다. 장미 향이라고 말하게 되는 장미 향. 그리고 젖은 흙. 어쩌면 꽃이
아니라 장미의 뿌리가 가졌을, 어쩌면 그 뿌리를 태우면 피어났을
연기 같은 설렘. 얼결에 돌아본 남자의 어깨가 젖어 있었다. 눈이 아니라
진눈깨비가 오고 있었다.

12월. 그리고 크리스마스. 혼자서 교토에 왔다. 불빛을 기대했다.

교토는 늦가을 같았다. 저녁에 지도를 들고 길을 나섰다가 이내 포기하고
택시를 탔다. 거닐다가 길 잃는 건 애들이나 하라지.

강을 건너면서 얼핏 버드나무를 봤다. 버드나무니까 그건 흔들리고
있었는데, 어쩐지 이 다리를 다시 건널 땐 걸어서 건너야지 결심을
하게 되었다.

클럽 이름이 'Metro'라더니……. 지하철역으로 통하는 계단이 곧
클럽으로 들어가는 길이었다. 이미 줄이 길다. 예매 번호순으로 입장을
유도하는 남자가 번호를 부른다.
———이치반카라 니쥬큐반마데,
오네가이시마스|1번부터 29번까지, 부탁합니다|!
몸과 마음을 순하게 만들어 주는 활력. 일본에 왔구나. 번호가 멀었기에
편의점으로 가서 군고구마를 샀다.

어두워지자 강 건너 버드나무가 뿌옇게 보였다. 공기는 스테인리스처럼
차가웠다. 차도와 인도를 가르는 화단에 걸터앉아 고구마를 먹었다.
이 장면, 언젠가 기억나겠군.

나는 혹시 폴라리스|Polaris|의 〔Slow Motion〕이라는 노래를 가장 많이
들은 사람이 아닐까? 과연 그럴 것도 같다. 출근하며, 퇴근하며, 아침까지
마시고 돌아가며, '오늘도 잊지 못했군', 새롭긴커녕 걸음걸음이 후회와
같은 말이었던 2002년 겨울. 처음 이별했었다.

가사에 '꿈|夢|'과 '무지개|虹|'가 나온다는 사실 정도를 알았다. 그리고
몇 년이 흘렀고 나는 더 이상 그 노래에 연연하지 않게 되었다. 홍대
공중캠프에서 친구들과 넋 놓고 웃다가 그 노래를 신청해 들으면서도
이별 따위를 떠올리진 않았다. 거짓말이라 해도 어차피 상관은 없을 만큼
되었다.

폴라리스. 그들의 라이브를 보기 위해 줄을 서 있으면서도 그들이
누군지, 몇 명인지 대책 없었다. 가시와바라 유즈루|柏原譲|가 여전히
폴라리스에서 베이스를 치는지도 확실치 않았다. 그런데 첫 곡이 〔Slow
Motion〕이었다. 어쩌면 두 번째거나 세 번째 곡이었다. 그 노래의 전주가
시작되자 어떤 기분이 들었다. 그리고 노래가 끝나기 전에, 모든 게 이미
끝나 버렸다는 생각이 스쳤다. 그러니 지금은 온통 후일담일까? 모든
노래가 끝난 걸까? 나는 결심대로 다리를 걸어서 건넜다.

그 겨울을 지나쳐, 집에서 〔光る音〕을 듣는다.
여름의 애인에게 물은 적이 있다.
　　　───이 노래 처음 부분, 왠지 겨울 같지 않아?
여름의 애인은 그렇다고 했던가? 다만 나는 여기저기 써 보고 읽어 보고
그런다.
'겨울이었어'.

▷ song | Polaris, 〔Slow Motion〕, 2005

▷ song | Polaris, 〔光る音〕, 2012

이 쓰레기봉투 때문에라도 종로구를 떠날 수 없노라,
너스레를 떤다. 흰 바탕에 초록 글씨, 단정한 선과 표,
귀여운 마스코트. 이 도시에서 드물도록 예쁘다.
내가 여행자라면, 서울의 기념품으로 이걸 사겠다.

내가 좋아하는 요지 야마모토|Yohji Yamamoto|의 남색 코트는 겨울에
그거 하나만 걸쳐도 좋을 만큼 따뜻한 옷감은 아니지만 뚝 떨어지는
밑자락의 쾌감으로 치자면 가히 바람과 한 쌍이다. 겨울에 그걸 걸치고
길을 나서면 으드드 어깨를 움츠리면서도 어쩐지 더 걸어 보려는 용기가
생기곤 했던 것이다. 그러니까 여행자처럼.

서울은 런던이나 파리처럼 여행자에게 주인을 내준 도시가 아니라서
남산 소월길을 걸으며 나는 외국어로 말하는 상상 따위로 킬킬거리는
좀 모자란 지경에 이르는 것이지만,
남산도서관과 괴테 인스티튜트|독일문화원|, 필립스 한국 지사와 예전에
로열 코펜하겐|Royal Copenhagen| 사무실이 있던 건물,
봄이면 벚나무가 되고, 가을이면 은행나무가 되는 가로수들,
어딘지 짐작할수록 더 멀어 보이는 언덕의 선들로부터
외국어로는 말할 수 없는 것들에 쾌적한 기분을 느꼈다.

하얏트호텔 1층 창가에서 책을 내리 두 권 읽으며,
창이 그렇게나 큰데도 그 시간을 비밀이라 여겼지만

여행자는 결국 들킨다.
누구보다 스스로에게.

낮이 길어진 하루.

'겨울은 낮에도 어두웠다'는 말 말고,
다른 말 하나를 갖고 돌아오기를.
오전에 코트를 입으며 그런 기대를 했다는 게,
코트를 벗어 옷장에 넣는 밤에 다시 생각났다.

나는 코트를 도로 입는다.
혼자 산다는 건
이제라도 다시 나갈 수 있다는 뜻이라서 나는
코트 주머니에 땅콩을 한 줌 넣는다.
아예 양파를 넣을까?
혼자서는 그럴 수도 있다.

세라벨라│Cerabella│의
양초

생각을 하다 보니 어제도 생각했던 것들이었다.
새해가 된다.
집에서 영화를 보았다.
나 또 그런 거 보면

튤립 사고, 슈만 사러 가잖아.

◇ movie ｜ Éric Rohmer｜에릭 로메르｜, 〔Conte de Printemps｜봄 이야기｜〕, 1990

▷ record ｜ Lev Oborin & David Oistrakh｜레프 오보린 & 다비드 오이스트라흐｜,

〔Beethoven: Violin Sonatas No. 5 'Spring' & No. 9 'Kreutzer'〕, 1959

12
月
30
日

짐 톰슨|Jim Thompson|,
방콕에 살았던 미국 사람.

가끔 그를 생각한다.
특히 그의 마지막을.

발견한 아름다움으로부터 함몰되지 않고
새로이 아름답고자 한 그는
말레이시아 정글에서 실종되었다.
그게 마지막이었다.

정글에서, 그는
더 들어가려 했겠지.
더 가까이 보려 했겠지.

꿈이란 그런 것이겠지.

한 무리의 관광객들과 함께
그가 살았던 집을 구경했다.

눈물이 나기에
내버려 두었다.

〔GQ Korea〕 2015년 3월 호 부록,
모나미 '153'의 한정판 Tux

올해를 보내며 잘한 일을 추리다
'이 볼펜을 내가 만들었지',

칭찬하려는 마음이 들어서
굳이 사양하지 않았다.

이건 참,
내가 먼저 갖고 싶었던 볼펜이었지.

온통 흰 한 자루와
온통 검은 네 자루.

그걸 나란히 담고
턱스|Tux|라는 애칭을 달았을 때

좋아서,
웃었다.

옛날과 지금이 함께 있었다.
내가 여기에 있듯이.

1
月
2
日

시작은, 예뻐서.

▷ song ｜ **Vienna Boys' Choir**│빈 소년 합창단│, 〔**Radetzky-Marsch**│라데츠키 행진곡│〕, 2009

들여다보며

▷ song
The Smiths, (How Soon is Now?),
(Meat Is Murder), 1985

12月
23日

▷ song
Julia Holter, (Lucette Stranded
on the Island), (Have You in My
Wilderness), 2015

12月
30日

▷ song
Bon Iver, (Calgary), (Bon Iver), 2011

1月
8日

▷ song
Mariah Carey, (Love Takes Time),
(Mariah Carey), 1990

1月
15日

▷ record
Klaus Nomi, (Klaus Nomi), 1982

1月
26日

▷ song
My Bloody Valentine, (Soon),
(Loveless), 1991

1月
30일

▢ poem
황인찬, (연인—개종3), (구관조
씻기기), 민음사, 2012

2 月 4 日	▷ **record** Low, 〔Secret Name〕, 1999

봄

—유박|柳璞|, 〔화암기|花菴記|〕

	▷ **song** Bedhead, 〔The Present〕, 〔Transaction de Novo〕, 1998		
2 月 14 日	▷ **song** 張國榮|장국영|, 〔To You〕, CM song, 1989	3 月 11 日	◇ **music video** Pet Shop Boys, 〔I Get Along〕, 2002
2 月 26 日	▷ **song** George Michael, 〔Cowboys and Angels〕, 〔Listen Without Prejudice Vol. 1〕, 1990	3 月 23 日	▷ **song** Stereolab, 〔The Flower Called Nowhere〕, 〔Dots and Loops〕, 1997
	▷ **song** 싸지타|Sagitta|, 〔마음에 남았네〕, 〔헬로우 스트레인저|Hello Stranger|〕, 2008	4 月 1 日	▷ **song** Ella Fitzgerald & Louis Armstrong, 〔April in Paris〕, 〔Ella and Louis〕, 1956
2 月 28 日	◇ **movie** 小津安二郎|오즈 야스지로|, 〔早春|Early Spring|〕, 1956		▷ **song** Rufus Wainwright, 〔Foolish Love〕, 〔Rufus Wainwright〕, 1998
	◇ **movie** 小津安二郎, 〔晚春|Late Spring|〕, 1949	4 月 7 日	▷ **record** Ciccone Youth, 〔The Whitey Album〕, 1989

가을

—이태준, 〔가을꽃〕

10月4日
▷ record
Gidon Kremer & Kremerata Baltica, 〔Eight Seasons〕, 2000

10月18日
□ book
윤택수, 〔새를 쏘러 숲에 들다〕, 아라크네, 2003

9月12日
□ poem
오규원, 〔칸나〕, 〔토마토는 붉다 아니 달콤하다〕, 문학과지성사, 1999

10月21日
▷ song
Spitz, 〔楓〕, 〔フェイクファ-|Fake Fur|〕, 1998

9月14日
◇ painting
김지원, 〔맨드라미〕 연작

10月24日
▷ song
SWV, 〔All Night Long〕, 〔Waiting to Exhale|사랑을 기다리며|: original soundtrack〕, 1995

9月25日
▷ song
송재호, 〔늦지 않았음을〕, 〔늦지 않았음을〕, 1991

11月2日
◇ movie
Lars von Trier|라스 폰 트리에|, 〔Melancholia〕, 2011

10月2日
▷ song
Debbie Gibson, 〔Goodbye〕, 〔Body Mind Soul〕, 1993

11月11日
◇ movie
Bennett Miller, 〔Capote〕, 2005

10月3日
□ poem
조연호, 〔열매를 꿈꾸며〕, 〔1994년 신춘문예 당선 시집〕, 문학세계사, 1994 (〔죽음에 이르는 계절〕, 천년의시작, 2013)

□ book
Mary Panzer 외, 〔Avedon: Murals and Portraits〕, Harry N. Abrams, 2012

겨울

—윤택수,〔박물지 17〕

12
月
29
日

◇ movie
Éric Rohmer|에릭 로메르|,〔Conte de
Printemps|봄 이야기|〕, 1990

▷ record
Lev Oborin & David Oistrakh|레프
오보린 & 다비드 오이스트라흐|,〔Beethoven:
Violin Sonatas No. 5 'Spring' & No. 9
'Kreutzer'〕, 1959

12
月
7
日

▷ song
가곡〔봄이 오면〕

1
月
2
日

▷ song
Vienna Boys' Choir|빈 소년 합창단|,
〔Radetzky-Marsch|라데츠키 행진곡|〕,
〔Edelweiss〕, 2009

12
月
22
日

□ book
Collier Schorr,〔Jens. F〕, SteidlMack,
2005

▷ song
이상은,〔내가 꿈꾸는 크리스마스〕,
〔크리스마스 또 돌아왔네〕, 1989

12
月
26
日

▷ song
Polaris,〔Slow Motion〕,〔Home〕,
2005

▷ song
Polaris,〔光る音〕,〔光る音〕, 2012

좋아서 웃었다

2015년 12월 23일 초판 01쇄 인쇄
2016년 01월 04일 초판 01쇄 발행

글·사진   장우철
일러스트   황나경

발행인   이규상
단행본사업부장   임현숙
편집장   김연주
책임편집   김연주
편집팀   김은정 이소영 허사연 강설빔 윤채선
디자인팀   박진희 장미혜
상품기획팀   이경태 사공정민
마케팅팀   이인국 최희진 강준기 박지영 이봄이

펴낸곳   ㈜백도씨
출판등록   제300-2012-170호(2007년 6월 22일)
주소   03043 서울시 종로구 자하문로 58 강락빌딩 2층(창성동 158-5)
전화   02 3443 0311(편집) 02 3012 0117(마케팅)
팩스   02 3012 3010
이메일   book@100doci.com(편집·원고 투고) valva@100doci.com(유통·사업 제휴)
블로그   http://blog.naver.com/h_bird 나무수 블로그 http://blog.naver.com/100doci
페이스북·인스타그램 100doci

인용 도서
강희안 저, 이병훈 역, 〈화암기〉,《양화소록》, 을유문화사, 2000
정지용 저, 〈파라솔〉,《백록담》, 범우사, 2011
이태준 저, 〈가을꽃〉,《무서록》, 깊은샘, 1994
윤택수 저, 〈박물지 17〉,《새를 쏘러 숲에 들다》, 아라크네, 2003

ISBN 978-89-6833-073-5 03810
ⓒ 장우철, 2015, Printed in Korea

이 도서의 국립중앙도서관 출판예정도서목록(CIP)은 서지정보유통지원시스템 홈페이지(http://seoji.nl.go.kr)와
국가자료공동목록시스템(http://www.nl.go.kr/kolisnet)에서 이용하실 수 있습니다.
(CIP제어번호: CIP2015035283)